4
JN112576
魔女』は、
国王から最初の恋と
最後の恋を捧げられる
The self-sacrificing witch is misunderstood
by the king and is given his first and last love.
Presented by 十夜 Illustration 喜久田ゆい

CTERS

ハーラルト・スターリング

フェリクスの弟。
心優しい少年
だったが、成長し
ルピアへ恋心を
抱くように…。

クリスタ・スターリング

フェリクスの妹。
勝気な性格。
ルピアを姉と
慕っている。

フェリクス・スターリング

ルピアの夫。ルピア
から深い愛情を向け
られ、自身も彼女を
愛するようになる。
しかし、彼女を誤解して
傷つけてしまい——

ルピア・スターリング

世界に1人しかいない、
聖獣の卵を抱えて
生まれてきた
特別な魔女。
フェリクスを一途に
想っていたが……。

STORY

10年という長い年月を
かけ、フェリクスへの
恋心を捨て去り
ようやく目覚めたルピア。
しかし以前とは異なり、
ルピアに恋焦がれ、
過保護なまでに世話を焼く
フェリクスに戸惑う。
過去を悔い、今度こそ
誰よりも幸せにすると誓う

CHARA

ミレナ・クラッセン

ルピアの
専属侍女で、彼女の
絶対的な味方。
ギルベルトの妹。
フェリクスの
乳姉弟。

ギルベルト・クラッセン

スターリング王国の
宰相。フェリクスの
ためになるかどうかを
基準に行動する。
それによりルピアを
傷つけてしまった。

ビアージョ

スターリング王国
騎士団総長。
年の功もあり、
優しく思慮深い。
ルピアが父親のように
懐いていた。

バド・ラ・バトラスディーン

ルピアと共に
生まれた聖獣。
普段はリスのような
姿をしている。
ルピアの事をとても
大切に思っている。

フェリクスだったが、
同じ想いを返せない
ルピアは結婚を解消し
祖国へ戻ると告げる。
そんなすれ違う二人の
もとへ、フェリクスの弟・
ハーラルトが帰国。
美しい青年に成長した
ハーラルトは、結婚当時の
フェリクスそっくりで——
**「僕が極上の幸せを
捧げるよ」**
ルピアをめぐって
フェリクス相手に
まさかの
宣戦布告……!!?

ディアブロ王国
KINGDOM OF DIABLO
SEA
N

WORLD MAP
旧ネリィレド王国
FORMER KINGDOM OF GONIA
FORMER KINGDOM OF NELLYRED
旧ゴニア王国
KINGDOM OF STERLING
スターリング王国

ENTS

itch is misunderstood
n his first and last love.

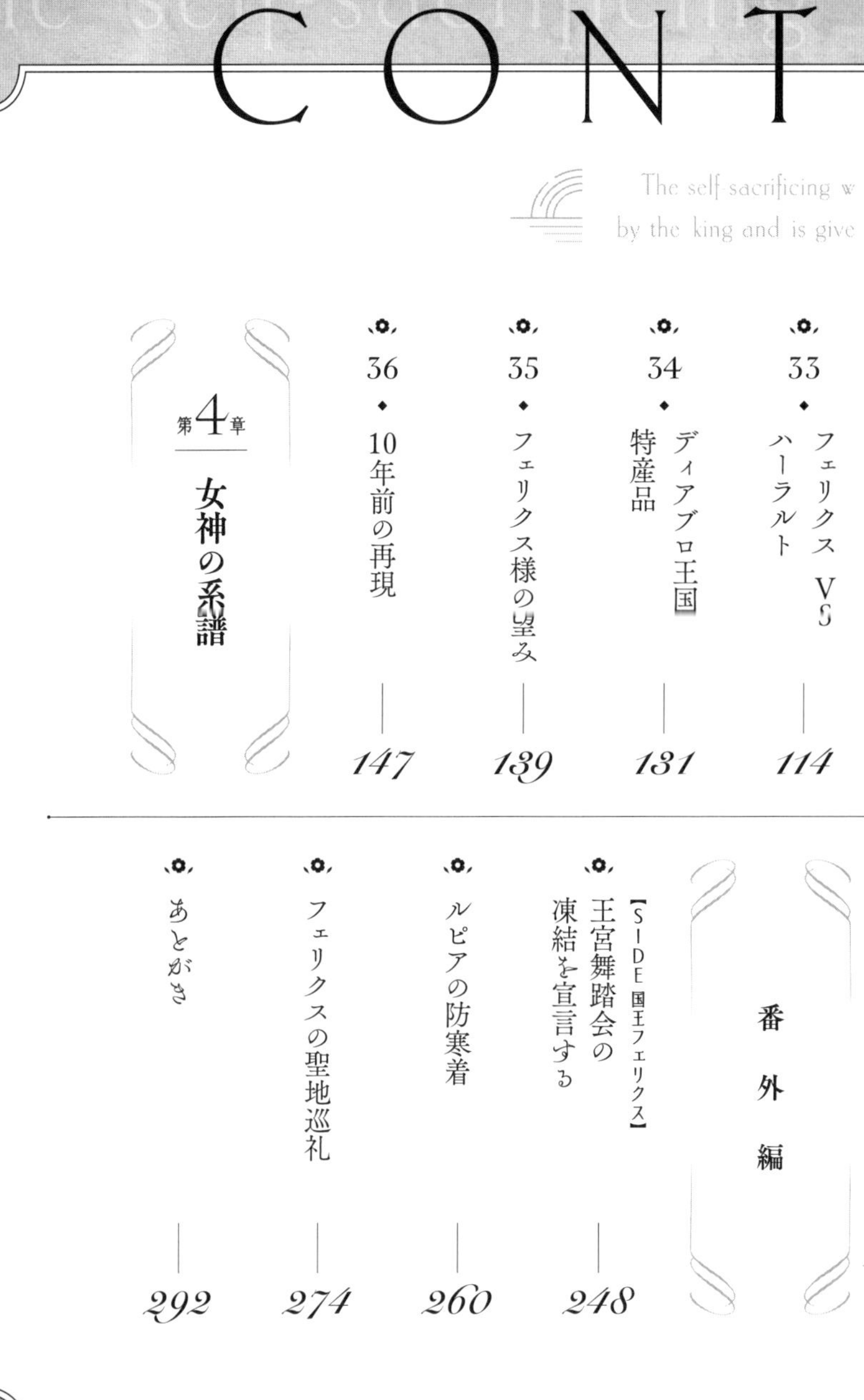

CONT

The self-sacrificing w
by the king and is give

第4章 女神の系譜

番外編

The self-sacrificing witch is
misunderstood
by the king and is given
his first and last love.

by TOUYA

第3章

国王は魔女に最初の恋と最後の恋を捧げる

The self-sacrificing witch is misunderstood by the king and is given his first and last love

29・舞踏会と流行りのドレス

「ミレナ、王宮舞踏会に参加することになったの」

私室に戻ってそう告げると、ミレナは驚いた表情を浮かべた。

私が晩餐室で夕食を取っている間、ミレナも別室で食事を取っていた。

彼女は手早く食事を済ませて晩餐室に戻ってきたけれど、その時には既に王宮舞踏会の話は終わっていた。

そのため、私が王宮舞踏会に参加するという寝耳に水の話に、ミレナは驚くと同時に心配そうな表情を浮かべる。

彼女の表情を見たことで、私が抱えていた心配事を思い出し、不安がぽろりと口から零れた。

「舞踏会にはフェリクス様も一緒に参加してくれることになったの。でも、彼は6年もの間、舞踏会に参加していないらしいわ。私のために無理をさせたのでなければいいけれど」

私の密やかな望みは、私のためにフェリクス様が無理をして、歪めてしまった事柄を正すことだ。

そのため、彼が以前のように舞踏会に参加してくれるのならば、望みが一つ叶ったことになるけれど、ただでさえ大変なフェリクス様に無理をさせたとしたら何にもならない。

だから、フェリクス様が舞踏会に参加すると宣言した際に、クリスタとハーラルトが大騒ぎをする様子を見て、大変なことをしでかしてしまったのではないか、と心配になったのだ。

私はミレナと話をしながら、先ほどの晩餐の様子を思い返した。


――普段になく慌てふためく二人を見た私は、とんでもないことを頼んでしまったと、はっとした。

それから、いくらフェリクス様が気安い調子で受け入れてくれたからといって、大変なことをお願いしたと気付きもしないなんて、と反省する。

私は慌ててフェリクス様を見上げると、舞踏会への参加について再考するようお願いした。

「フェリクス様、ごめんなさい。何年も参加していなかった王が、王宮舞踏会に参加するのはとても大変なことよね。返事をもらった後で申し訳ないのだけれど、この場は一旦保留にして、もう一度じっくり考えてもらえないかしら」

私は上手にその場を取り繕ったつもりだったけれど、フェリクス様は首を横に振ると、憂いのない表情で微笑んだ。

「ちっとも大変ではない。先ほども言ったように、私は君の夫として紹介される機会を与えられたことを嬉しく思っている。安心してくれ、立派に夫の役目を務め上げると約束するから」

フェリクス様の言葉を聞いたクリスタとハーラルトは、呆れた様子で言葉を差し挟んできた。

「まあ、お兄様はこれ以上ないほど前のめりだわ！　ルピアお義姉様、どうやら再考の余地はないみたいよ。このまま突き進むしかないんじゃないかしら？」

「というよりも、これが正しい王宮舞踏会の形だよね。ふふふ、兄上が6年振りに参加すると分かったら、貴族たちは驚くだろうな！　兄上の名で出された招待状を受け取った紳士たちが、慌てふためく姿が目に見えるようだよ。それから、舞踏会用のドレスを注文するために、ドレスショップに殺到するご婦人方の姿もね」

楽しそうな笑い声を上げるハーラルトに、クリスタがまなじりを吊り上げる。

「まあ、ハーラルトったら、何を言っているの！　今から注文しても、オーダーメイドのドレスが間に合うわけないじゃない」

一方のハーラルトは、分かっているとばかりに笑顔でうなずいた。

「もちろん今回の王宮舞踏会には間に合わないだろうが、今後も国王の名で舞踏会が開催されることを見込んだご婦人たちが、1、2年先まで予約を埋めそうじゃないか。これは早めに来年用の夜会服を注文しておいた方がよさそうだぞ」

二人の会話を聞いていたフェリクス様は、不賛同を表すかのように片方の眉を上げる。

「王族であるお前たちを優先しないテーラーなどいやしないだろう。好みの店があれば、名前を挙げておきなさい。明日の朝一番に王宮に呼んでおくから」

クリスタとハーラルトは歓声を上げながら手を叩いた。

「まあ、お兄様が超ご機嫌だわ！　今なら何着ドレスをオーダーしても、文句を言わずに買ってもらえそう」

「僕としてはお義姉様と同じ店で、揃いに見える服を注文したいなあ」

二人の軽口はいつも通りだったけれど、フェリクス様はハーラルトのそれが気に入らなかったようで、その場で注意されていた。

その後、ひとしきり舞踏会の話で盛り上がったのだけれど、フェリクス様は終始機嫌がいいように見えた。

そのため、私にはフェリクス様が舞踏会への参加を喜んでいるように思えたのだ……。


「……けれど、あの時は私自身も高揚していたし、見たいものを見ただけなのかもしれない、と自信がなくなってきたところなの」

私の話を聞き終わったミレナは、迷う様子もなく問題ないと請け合った。

「普段の国王陛下から推測するに、間違いなく喜んで参加されると思います」

ミレナはいつだって思ったことを正直に言ってくれる。

そして、彼女の言葉はいつだって的確だ。

そのため、彼女の言葉を聞いた私は、ほっと安心することができたのだった。

その後、お風呂に入り、ミレナに髪を乾かしてもらっていたところ、ふと舞踏会に着ていくドレスがないことに気が付いた。

まあ、どうして舞踏会に参加したいと発言する前に思い至らなかったのかしら、と私の顔が一瞬で曇る。

舞踏会まで1か月ほどしかないため、ドレスショップに一点物の高級仕立て服（オートクチュール）を頼む時間はないし、王妃が他の女性と同じドレスを身に着けるわけにはいかないので、高級既製服（プレタポルテ）も頼めない。

どうしよう、私が舞踏会用のドレスを作ったのは12年前が最後なのに。

私は鏡に映った自分の姿をまじまじと見つめる。

すると、目の前の鏡には、白い髪の痩せた女性が映っていた。

「ああ……」

この12年の間に、私は随分と痩せてしまった。

全体的にドレスのサイズを直してもらわないと、ぶかぶかで肩からずり落ちてしまうだろう。

サイズ直しの際に、最近の流行に合わせてアレンジしてもらえればありがたいけれど、そこまでやるのは時間的に難しいはずだ。

一体どうすればいいのかしら……。

私は困ってしまって、へにょりと眉を下げる。

12年振りに舞踏会に参加するのだから、きっと私は注目されるだろう。

あまりにみすぼらしい格好では、フェリクス様に恥をかかせることになってしまう。

間違いなく私は「フェリクス様の妃」という目で見られるから、恥をかくのは私だけで済まないのだ。

「どうしよう、困ったわ」

思わずつぶやくと、それに応える声があった。

「どうした、ルピア。君の困りごとが何かを尋ねてもいいかな？」

顔を上げると、戸口にフェリクス様が立っていた。

彼はまっすぐ私のもとに歩いてくると、気遣わし気に顔を覗き込んでくる。

「君を悩ませているものは何かな？」

隠しておいても、舞踏会当日にフェリクス様と一緒に恥をかくことになるので、私は申し訳ない気持ちで告白した。

「舞踏会に着ていくドレスのことを考えていたの。この12年の間に私の体形は変わったから、サイズを手直ししてもらわないといけないわ。それから、ドレスには流行があるから、今の流行りに合わせて手持ちのドレスをアレンジしてもらいたいけれど、時間が限られるから難しいわね、と困っていたの」

フェリクス様は私の言葉を吟味するかのように、少し動作を止めて考える様子を見せた。

「……私は女性のドレスに詳しくないが、毎年のように流行が変わるものだと聞いている。12年前のドレスにお気に入りの物があるのならば、今度の舞踏会に着ていけるようアレンジしてもらおう。

我が国の王妃のドレスだ。何としても間に合わせるよ」

「ありがとう！　すごく助かるわ」

フェリクス様がきちんと私の話を聞いてくれて、一瞬にして解決策を示してくれたため、私の顔がぱっと輝く。

フェリクス様はすごいわ。

もうどうにもならないと意気消沈していた事柄を、あっという間に解決してくれたのだから。

笑顔になる私を甘やかすように、フェリクス様はにこりと微笑んだ。

「君が気に入ったドレスを着ることが一番だからね」

その後しばらくの間、フェリクス様は髪を乾かす私を見ていたけれど、ふと思いついたように提案してきた。

「君がディアブロ王国から持ち込んだドレスを気に入っていることは分かっているが、今年作ったドレスもいくつか試着してみてはどうかな。もしかしたら新しいドレスが気に入るかもしれない」

「新しいドレス？」

何のことかしらと小首を傾げると、フェリクス様は心許ない様子で尋ねてきた。

「言ってなかったかな？」

そして、すぐに自答する。

「……言ってなかったね」

フェリクス様は渋い表情を浮かべると、手を伸ばしてきて私を立ち上がらせた。

その間に、ミレナは一礼して退室していく。

無言のままフェリクス様に案内されたのは、居室につながるクローゼットルームだった。

普段は入ることがない部屋の中を興味深く見回していると、一番奥にたくさんの煌びやかなドレスが掛かっているのに気付く。

それらは遠目に見ても舞踏会用だと分かる豪華なものだったため、私は疑問に思いながら近付いていった。

というのも、目に入るドレスは全部、見覚えがないものだったからだ。

手に取ってみると、ドレスは見たこともないつるつるした生地の上に、繊細なレースが大胆にあしらわれており、私の知っているドレスとはずいぶん趣が異なっていた。

見回すと、赤色、黄色、緑色、紫色といった鮮やかな色のものから、ブルーグレー、ロマンティックピンクといった淡い色のものまで、全部で1ダースほどのドレスが掛かっている。

「今年のドレスの流行は、胸元にリボンをあしらう形だそうだ。ここに掛かっているのは今年作らせたドレスだから、全てにそのスタイルが取り入れてある。去年作らせたドレスがよければ、反対側に掛けてあるよ」

びっくりしてフェリクス様を見ると、彼は何かを誤解したようで、焦った様子で言葉を続けた。

「それより前のドレスが見たければ、別室に移してあるから、君の居室まで運ばせよう」

どうやらドレスから視線を外したことで、これらのドレスを気に入らなかったと勘違いされたようだ。

そのため、ドレスは他にもたくさんあるから、その中に私が気に入るものがあるかもしれない、と彼は言いたかったらしい。

「フェリクス様、これらのドレスは全部私のためのものなの？　今年も、去年も、その前の年も、私のためにドレスを作ってくれたの？」

このクローゼットルームは私の居室に付随するものだから、私のためのドレスだと思うけれど、全てが私のために作られたのだとしたらあまりに破格の対応のため、驚きのあまり尋ねてしまう。

フェリクス様は少し困ったような表情を浮かべると、ゆっくりとうなずいた。

「君がいつ目覚めるか分からなかったし、目覚めた時に着るものがなければ大変だからね。君が困らないよう、毎年、正装用、準礼装用、普段着用と、用途ごとにドレスを作らせていた」

その言葉から、フェリクス様が私の目覚めを待っていてくれたことが伝わってくる。

それから、私のことを考えて、快適に過ごせるようにと環境を整えていてくれたことが。

ドレスには流行があるから、今年作ったものは今年着なければ、再び着る機会はなかなか訪れない。

私はずっと眠り続けていたから、フェリクス様はドレスが無駄になる可能性があることを、最初から分かっていたはずだ。

それなのに、彼は私のためにドレスを作り続けてくれたのだ。

ドレスの横に並んでいるお揃いの靴も、バッグも、帽子も、何もかも。

にもかかわらず、フェリクス様は必要になるまで私に一言も告げないのだから……。

「ふふ、ふ、フェリクス様は不器用なのね」

私が眠っている間にこれだけのことをしたのだよ、と恩に着せてもいいはずなのに、フェリクス様はそんなことを考えもしないのだ。

泣きたいのか、笑いたいのか分からなくなり、泣き笑いのような声を出すと、フェリクス様はどぎまぎした様子で返事をした。

「えっ、私は不器用なのか？　……確かに刺繍をしろとか、料理をしろと言われたならば、器用にできるとは思えないが」

フェリクス様が発した言葉は、私の発言への応答としては的外れなものだったけれど、なぜだかそのことに温かい気持ちが湧いてくる。

ああ、彼は本当に、私のためにやってくれた思いやりのある行為を、一切ひけらかすつもりがないのだわ。

だからこそ、私の言葉にぴんときてもいないのだ、と考えて嬉しくなったからだ。

「フェリクス様、本当にありがとう。ドレスを作ってもらってすごく嬉しいわ」

涙の浮かぶ目で見上げながら、笑顔でお礼を言うと、彼は一瞬言葉に詰まった様子を見せた後にかすれた声を出した。

「……どういたしまして」

多分、彼には言いたいことがたくさんあるだろうに、言葉にされたのはそれだけだった。

そんなフェリクス様を見て、私の目から涙がぽろりとひとしずく零れたけれど――その後、私の顔に浮かんだのは自然な笑みだった。

その日、とっても不器用で、不器用なことに気付いてすらいないフェリクス様は素敵だなと、私は心から思ったのだった。

30・彼のためにできること　2

――当然の話だけれど、フェリクス様は一国の王だ。

彼にしか判断できない多くのことがあるはずで、ものすごく忙しいことは言われなくても分かっていた。

そのため、私が目覚めて以降、私のために多くの時間を使ってくれていることを、ずっと申し訳なく思っていた。

その日、いつものように私の部屋を訪れてくれたフェリクス様を見上げると、これまでのことについてお礼を言った。

「フェリクス様、これまでたくさん散歩に付き合ってくれてありがとう。おかげで、私にも体力が付いてきたわ」

フェリクス様は私の言葉を聞くと顔をほころばせた。

「それはよかった」

どうやら機嫌がよさそうねと安心しながら、私は勇気を出して次の言葉を口にする。

一歩、一歩。まずは散歩からよ、と思いながら。

「今後は、これまでよりも長い距離を散歩しようと思うの。あっ、もちろん体調を見ながらで、決して無理はしないわ！」

話をしている途中で、フェリクス様が心配そうな表情を浮かべたので、慌てて無理はしないことを補足する。

「それで、いつまでもあなたの時間を奪うわけにもいかないから、できるだけ一人でお散歩をしようと思っているの。あっ、もちろん騎士を付けるし、きつくなったらすぐに休憩するわ！」

今後の散歩方針を口にしたところ、フェリクス様が驚いたような表情を浮かべたので、色々と対策を考えていることを付け加えた。

できるだけ気を遣って話をしたつもりだけれど、配慮が不十分だったようで、フェリクス様はショックを受けた様子でかすれた声を出す。

「……ルピアは私が邪魔になったのか？」

「もちろん違うわ。今言ったように、もう少し長めにお散歩をしようと思っただけよ。でも、フェリクス様が忙しいのは分かっているから、一緒だとどうしても急いで切り上げなければいけない気持ちになってしまうわ。だから、今後は長いお散歩をする時は、フェリクス様抜きでやるのはどうかなと思って」

分かってほしくて丁寧に説明すると、今度は別の質問をされる。

「ディアブロ王国に戻るために体力を付けるのか？」

「いいえ、舞踏会に参加するために、体力を付けておきたいと思ったの。できることならもう少し肉付きをよくして、見苦しく見えないようにもしたいわ」

正直に答えると、畳みかけるように質問を重ねられた。

「これ以上？　君は今でも完璧に美しいのに、これ以上美しくなったら、何とかして君と話をしたいと考える連中が、舞踏会で列をなすんじゃないかな」

前半部分は聞き流すとしても、後半部分は想定外のものだったため、私は驚いて尋ね返す。

「えっ、皆さんと話をするために、私は舞踏会に参加するのよね？」

それなのに、フェリクス様は私が貴族たちと話をすることを、困ったことだと考えているのかしら。

私の発言を正しいと認めたのか、フェリクス様はそれ以上反論してこなかった。

代わりに、暗い声でつぶやくとがっくりと肩を落とす。

「……君の可愛らしい声を他の者にも聞かせるのか」

その言葉を聞いて、このところずっと困っていたことが、心の中で言葉になる。

『どうしよう。次々に口に出されるフェリクス様の本音はあからさま過ぎるわ』

私はどうすればいいか分からなくなり、頬を赤くしたまま口をつぐむと、先日、私室でフェリクス様と話をしたことを思い返した。

――――10年前のフェリクス様と私は、お互いに思っていることをほとんど口に出さなかった。

そのため、相手の気持ちを取り違えてしまい、誤解を生んでしまった。

その反省を踏まえ、二度と同じことを繰り返さないよう、今後はできるだけ気持ちを口に出していこう、とフェリクス様と約束をした。

そして、その際にフェリクス様は、『今後、私は機会を見つけては、思っていることを全て口にする』と宣言していた。

していたのだけれど……。

きっと、思っていることを全て口にするというのは、こういうことではないはずだ。

心の中で秘しているべき感情を、一から十まで言葉にすることでは絶対にないはずだ。

フェリクス様はそれほど大きな気持ちを込めていないのかもしれないけれど、私は聞いているだけで気恥ずかしくなるのだから困ってしまう。

そのうえ、褒められる状況に慣れていないので、上手い返事をすることもできない。

そのため、ここ最近はずっと、申し訳ないと思いながらも聞こえていないふりをしているのだ。

フェリクス様は優しいから、全て分かったうえで見逃してくれているのだろう。

「……分かった。体力を付けるのは君のためになることだ。それを否定することは私にはできやし

ない。けれど、ミレナと騎士たちを必ず同行させると約束してくれ」

しばらく沈黙していたフェリクス様だったけれど、やがて諦めたようにそう返してくれた。

嬉しくなった私は、笑顔で彼に約束する。

「ええ、約束するわ！」

「ありがとう、少し安心できたよ。それで、今後はどのあたりに散歩に行くつもりだい？」

フェリクス様が受け入れてくれたことが嬉しくて、私はぺらぺらと今後の計画を彼に語った。

私の後ろでは、ミレナが何か言いたそうな表情を浮かべていたけれど、残念なことに、私がその表情に気付くことはなかった。


数日後、私は満を持して厨房に顔を出した。

フェリクス様抜きで出歩く許可が出たので、私は元気だということを伝えるため、馴染み深い人々と顔を合わせることにしたのだ。

既にギルベルト宰相とビアージョ総長、護衛騎士のバルナバとは対面を済ませていたので、今回は料理長のブルーノに会うことにする。

10年振りだし、厨房はいつだって忙しいだろうし、彼らがせっかく作ってくれた料理を私は残しがちだから顔を合わせづらいし、と訪問しない理由はいくつも見つかったけれど、思い切って調理場に足を踏み入れる。

皆の反応が分からなくてびくびくしていたけれど、ブルーノ料理長を始めとした料理人たちは、私に気付くと歓声を上げて取り囲んでくれた。

「王妃陛下！」

「ああ、心配しておりました！　何と、立って歩けるまでに回復されたのですか？」

「10年振りにお姿を拝見して安心しました！　お立ち寄りいただきありがとうございます!!」

初めは体が縮こまっていた私だったけれど、歓迎されていることが分かると、おずおずと皆を見上げる。

「あの、皆に心配をかけて申し訳なかったわ。それから、食事を残してばかりでごめんなさい」

「とんでもないことです！」

ブルーノは驚いた様子で私の言葉を否定してきた。

彼にとって、食事を残されるのは一番悲しいことだろうに、そのことを微塵も感じさせない態度に感謝する。

私は彼が作ってくれた料理を思い浮かべながら、これまでの感謝の気持ちを言葉にした。

「いつも私のために、特別なお料理を作ってくれてありがとう。あなたが私のために開発してくれたふわふわの白パンは私の好物になったわ。おかげで、少しずつ食べる量が増えてきて、今では白パンを丸々1つ食べられるようになったの。それから、キノコ入りのサラダも大好きだわ」

つらつらと好物について語ったけれど、話している途中で、ブルーノは私が魔女であることを知らないはずだと思い至る。

そうであれば、私がずっと眠っていたことを知らないはずだから、その間、私の料理はどうなっていたのかしらと気になった。

「あの、ブルーノ、この10年間の食事は……」

下手なことは言えないから、ブルーノに話を合わせようと考えたのだけれど、彼は言い止した私を見て心配そうに眉を下げた。

「はい、ここ何年もの間、王妃陛下の食事にはスープだけをご用意しておりました。そのため、量的にも栄養的にも足りていないのではないかと心配していました。しかし、本日お元気な様子を目にすることができ、非常に安心しました」

スープ？

聞いたことがない話が出てきたため、先を促すつもりで尋ねるような言葉を口にする。

「そのスープは」

「はい、毎回材料を変え、栄養を考えて作っておりました。そのため、いつも飲み干してくださることに、嬉しさと安堵を感じておりました」

まあ、ということはフェリクス様が代わりに飲んでくれていたのかしら。

律儀なことに、フェリクス様は私が魔女であるという秘密を、最小限の者たちの間で守ろうとしてくれたのね。

ありがたいことだわと感謝していると、正にそのフェリクス様の声が響いた。

「やあ、ルピアじゃないか、偶然だな」

びっくりして振り返ると、食器を持ったフェリクス様が厨房の入り口に立っていた。

❁ ❁ ❁

先日、フェリクス様に一人で散歩する旨を伝えたのだけど、彼が去った後にミレナから忠告されていた。

「今後、お一人で訪れる場所を国王陛下にお伝えしたら、たまたま陛下と行き合わせる偶然が発生するかもしれませんよ」

まさかそんなことがあるはずないわ、と答えていたけれど、ミレナの予言通り、予想もしない場所で行き合わせてしまった。

滅多にない偶然があるものね、と驚きながらフェリクス様に質問する。

「フェリクス様、どうして厨房に？」

「昨日、昼食に食べた食器を戻し損ねていたから、持ってきたんだ」

「王のあなたが？　自ら食器を持ってきたの？」

絶対にあり得ない状況を口にされ、理解が及ばずに目をぱちくりさせる。

通常であれば、それは昨日の食後に、侍女の手によって履行されるはずだ。

もしも履行されなかったとしても、干が自ら行うことではないはずで、料理人たちが驚愕した様子を見せていることから、フェリクス様の普段の行動でないことが見て取れた。

ミレナを見ると、諦めてくださいとばかりに首を横に振る。

もう一度フェリクス様に視線をやると、満面の笑みで提案された。

「今日は天気がいいから、温室で食事をするのはどうかな。料理人たちに食べやすい物をバスケットに詰めてもらって、花を見ながら食べるんだ」

「まあ、それはとっても素敵なアイディアね」

すごく楽しそうだわと思いながらも、ふと思い出したことがあって、ミレナの手元をちらりと見る。

「どうした？　何か予定があったかな？」

敏感に私のためらいに気が付いたフェリクス様が尋ねてくれたので、ミレナが持っている茶葉の袋を見ながら答えた。

「いえ、そうではなくて、ミレナが懐かしい茶葉を手に入れてくれたから、フルーツティーにして飲みたいなと思っていたの」

「そうか、私も甘いものは好きだから、お相伴にあずかれれば嬉しいな。よければ、君がフルーツを選ぶ間待っているよ」

私の紅茶に入れるフルーツを自分で選びたい気持ちと、その間彼を待たせることを申し訳なく思う気持ちの両方を読み取って、私が気にしないで済むようにさりげなく問題を解消してくれるフェリクス様に感謝する。

私はどうしてもまだ遠慮してしまうところがあって、『誤解を生じさせないように、思ったことは言葉にする』という約束を守れずに、言葉を呑み込んでしまうことがある。

けれど、その場合はいつだって、フェリクス様が正しく私の気持ちを読み取ってくれるのだ。

嬉しくなった私は、ブルーノに案内されたフルーツ置き場で、フェリクス様の好みを考えた。

感謝の気持ちを込めて、今日はフェリクス様の好きなフルーツティーを作ってみようと思ったのだ。

「フェリクス様は甘いものが好きだけれど、ただ甘いだけというよりも、独特の後味が残るものをより好むような気がするわ」

基本的にフェリクス様は食事を残すことがないので、何が好物かを推測するのは難しい。

そのため、これかなと思うフルーツを選ぶことができたのは、子どもの頃からこっそりと、夢を通して彼を観察してきた隠密活動によるものだ。

私は少し悩みながらも3種類のフルーツを籠に盛ると、皆のもとに戻っていった。

選んだフルーツをカットしようと包丁を手に持つと、フェリクス様がぎょっとしたように目を見開く。

「ルピア、一体何をするつもりだ？」

「ティーポットに入れるフルーツをカットするつもりよ。カットする形と、ポットに入れる量で味が変わってくるから、好みの味にするためには私がカットするのが一番なの」

丁寧に説明すると、フェリクス様は納得したように頷いた。

「……そうか。君の好み通りの味にするためには、君がカットするしかないのか。しかし、刃物を持つのは……」

フェリクス様は自分に言い聞かせるような言葉を続けたけれど、最後には何事かを承服できない様子を見せたので、誤解を正そうと彼の言葉を訂正する。

「いいえ、せっかくフェリクス様がご一緒してくれるのだから、あなたの好みに合うような紅茶を淹れようと思って」

「私の好みだって？」

驚いた様子で目を見開くフェリクス様に、私は悪戯っぽい笑みを浮かべた。

「知らないでしょうけど、私は普段からあなたを観察していたのよ。だから、もしかしたらあなたの好み通りの紅茶を淹れられるんじゃないかと期待しているの。……あら、でも、10年も経ったのだから、味の好みが変わっているのかしら？」

その可能性を考えていなかったわ、とはたと動きを止めると、熱心な様子で否定された。

「全く同じだ！　この10年、私の好みは何一つ変わっていないから安心してくれ!!」

「まあ、そうなの？」

母国の料理のお師匠様は、たくさんの食事経験を積み重ねることで、嫌いだった味にも慣れてくるから、年を取るごとに好きになる物が増えてくると言っていた。

フェリクス様の料理の好みがこの10年で全く変わっていないということは、ずっと同じメニューばかりを食べていたのだろうか。

不思議に思いながらも、忙しいフェリクス様を待たせてはいけないと考え、フルーツの皮をむく。

すると、フェリクス様は私にくっつくほど近寄ってきて、私がフルーツをカットする様子を飽きずにずっと眺めていた。

その際、奥歯を噛み締め、全身に力が入っていたため、リラックスするように言ったけれど、「努力する」と返されただけで、彼はずっと体を強張らせていた。

その後、カットしたフルーツを茶葉とともにティーポットに入れて準備を済ませると、ブルーノ料理長もランチを詰め終わっていたようで、笑顔でバスケットを差し出された。

隣にいたフェリクス様が素早くバスケットを手に取ったので、お付きの侍従たちが驚いた様子で持とうとしたけれど、フェリクス様は軽い様子で手を振ると私を見た。

「準備はできたかな？」

「ええ」

私は笑顔で答えると、フェリクス様とミレナとともに温室に向かったのだった。

温室の中には、ガラスのテーブルと座り心地のよさそうな長椅子が備えられていた。

必要な準備が終わると、ミレナが退出していったので、温室にはフェリクス様と私の二人だけになる。

彼がバスケットから食べ物を取り出して並べてくれる間に、私はティーポットにお湯を入れ、しばらく待ってからカップに紅茶を注いだ。

「ルピア、いただくよ」

フェリクス様は興味津々な様子で紅茶を眺めていたけれど、飲むように促すとすぐにカップに手を伸ばす。

それから、彼は紅茶の色と香りを確認した後、ごくりと一口飲んだ。

飲んだ瞬間、ぱあっと彼の表情が明るくなったので、紅茶を気に入ってくれたのだとすぐに分かる。

「ルピア、とても美味しいよ！　まさに私好みの味だ」

わざわざ言葉にしてくれるフェリクス様を見て、ああ、彼は以前からこうだったわと、昔のことを思い出した。

フェリクス様は10年前も、「美味しい」「嬉しい」といった気持ちを言葉にして伝えてくれたのだ。

「美味しいと言ってもらえて嬉しいわ」

そして、私も同じように嬉しい気持ちを伝えていたのだったわ。

それを思い出したことで、なぜだか10年前に戻ったような気持ちになり、私は穏やかに微笑んだのだった。

＊　＊　＊

ブルーノ料理長は手軽に食べられる料理をたくさんバスケットに詰めてくれていた。

そのおかげでテーブルの上にはたくさんの料理が載っていたのだけれど、フェリクス様はほとんど食事をすることなく紅茶ばかりを飲んでいた。

食べる量があまりに少ないので、それでは午後からの仕事に支障をきたすのじゃないかしらと心配になる。

けれど、心配になってちらちらと視線をやるたびに、「ルピアが淹れてくれた紅茶を楽しみたい」と言われる。

そうすると、何も言えなくなってしまう。

私がもきゅもきゅと無言でパンを食べている間、彼は温室の花を見ながら、美味しそうに紅茶を飲み続けていた。

たまたまだろうけれど、彼が長時間視線を止める花はいつだって白色か紫色で、その後に色を比べるかのように私の髪や瞳に視線を定める。

そんな彼の仕草に困ったような、気恥ずかしいような気持ちになっていると、食事が終わったタイミングでフェリクス様が口を開いた。

「ルピア、相談したいことがあるんだ」

食事の間中、フェリクス様はどことなく緊張している様子で、会話も少なかったため、何か気に掛かることがあるのではないか、と気になっていた。

けれど、食事が終わってナプキンをテーブルの上に載せるまで話を切り出されなかったので、悪い話かもしれないと予想する。

目覚めてからずっと、フェリクス様は私の食事時間をとても大切なものだと認識しているようで、食事中は私が食欲を失うような話題の一切を排除していたからだ。

私が気落ちするようなどんな話かしらと身構えていると、フェリクス様はゆっくりと手を伸ばしてきて、私のお腹に当てた。

「ルピア、侍医の見立てでは君は妊娠3か月とのことだ。そして、王宮舞踏会を行う1月末には、状態は安定しているだろうとの話だった」

「ええ」

舞踏会の頃には妊娠4か月になっているから、その頃には赤ちゃんについての心配も減るだろうと侍医から教えてもらっていた。

楽しみだわと顔をほころばせていると、フェリクス様は私の表情を確認するかのようにじっと見つめたまま口を開いた。

「君さえよければ、王宮舞踏会で君が身籠っていることを皆に公表したい」

「それは……」

フェリクス様の発言は当然のものだった。

彼は私が子どもとともにこの国に残ることを希望しているのだから、何も後ろ暗いことはないと示すために、通常の手順を踏もうとしているのだ。

色々な考えが混ざり合って、咄嗟に返事ができないでいると、フェリクス様は気遣う様子で尋ねてきた。

「君が決断を下す材料にしてもらうため、我が国の風習を説明してもいいかな？」

「ええ」

頷くと、フェリクス様は私のお腹から手を放した。

「我がスターリング王国の王族は妊娠を公表する際、皆の前で虹色のリボンを妊婦のお腹に巻くのが通例となっている。虹の女神の祝福が腹の子にも与えられるように、との祈りの儀式だ。公表する場所は時期や立場によって異なり、茶会の席だったり、聖堂だったりするが、大勢の者が立ち会うほどに子は多くの祝福を受けることができ、無事に生まれてくると信じられている」

それは虹の女神を信仰するスターリング王国らしい慣習だった。

王族の子どもは生まれる前から皆にその存在を認知され、無事に生まれてくるようにと祝福を受けるのだ。

それはとても素敵なことだけれど……。

「王宮舞踏会で公表するのは、よくあることなの？」

フェリクス様が舞踏会で公表したいと提案したのは、王族の一般的な方法だからかしらと考えて質問する。

残念ながら私の予想は外れたようで、フェリクス様は首を横に振った。

「いや、多くはない。そもそも王宮舞踏会の場を選択できるのは、王妃が懐妊した場合だけだから機会が限られるのだ。さらに、妊娠を公表する時期が舞踏会シーズンと重ならなければならないため、条件を満たすことが非常に困難だ。私の代で言うと、王宮舞踏会で公表されたのはハーラルトだけだ」

「そうなのね」

フェリクス様ははっきり言わないけれど、お腹の子どもの妊娠を公表する場として、王宮舞踏会が最上であることは間違いないだろう。そうなのだろうけれど……。

決断できずに俯いていると、フェリクス様が私の手を取り、自分の頬に押し当てた。

いつの間にか指が冷えていたようで、指先に当たるフェリクス様の頬を温かく感じる。

「ルピア、私は何度だって君に誓うよ。一生涯、君と私たちの子どもを慈しむと。君にじっくりと考える時間をあげたいけれど、腹の子は刻一刻と育っていくから、まずは王妃である君と私たちの子にとって、この国で暮らす一番理想的な形を提案した」

フェリクス様は私が迷っていることを分かっているようで、優しい声でそう言った。

「君はまだこの国で暮らす決心がついていないよね。というよりも、君はこの国で暮らすことについて、私の希望とは反対の意思表示をしている状況だ。この状態で妊娠を公表しても、君にプレッシャーを与えるだけだろうから、今回は見送ろう」

「えっ」

私は本当にびっくりして彼を見上げた。

なぜならここは、彼が何としてでも押し通さなければならない場面に思われたからだ。

それなのに、彼の表情には強引さは一切見られず、ただ私を思いやってくれているような優しさだけが浮かんでいた。

「最初から君が承諾するのは難しいだろうと覚悟していた。それでも私は、このような選択肢が存在することを君に示したかった」

物事を決断するために、どのような選択肢が存在するかを知るのは大事なことだ。

だから、フェリクス様は正しく選択肢を示してくれたのだろうけれど、……実際に示しただけで、それらを選択するよう強制するつもりはひとかけらもないのだ。

彼は頭がいいから、簡単な道、正しい道がどれかを分かっているだろうに、ただ私の希望を優先しようとしてくれる。

そして、私に断ることの罪悪感を抱かせないために、あえて軽い調子で話をしているのだ。

それを証するかのように、フェリクス様はおどけた様子で片目を閉じた。

「実際のところ、君が私の子を身籠っていると公表するつもりになってくれた場合、後からいくらでもフォローできるから心配しなくていい。ただ一つだけ分かってほしいのは、私がどうしようもないほど腹の子の父親になりたいと願っていることだ」

フェリクス様の言葉を聞いた私は、びっくりして目を見張る。

「この子のことを、あなたの子どもだと信じてくれたのではないの？」

お腹に両手を当てて尋ねると、フェリクス様は安心させるように頷いた。

「もちろん、信じている。そのことについて、私が馬鹿げたことを言い出すことは二度とないから安心してほしい。私が言いたかったのは、私は君を全力で引き止めるし、そのためなら何でもするが……もしも君が子どもとともにこの国を去ると言い出した場合、私は君を止められないだろうということだ」

それはフェリクス様が初めて、私が母国に戻ることを受け入れてくれた瞬間だった。

これまでどれだけ希望しても、受け入れがたい様子を見せていたため、突然の態度の軟化にびっくりする。

同時に、彼は私を手放す選択肢を視野に入れているのだわと、胸がちくりと痛んだ。

そんな自分の心の動きに戸惑っていると、フェリクス様が思い悩む様子で言葉を続けた。

「だから、私が父親として子どもと暮らすことができるかどうかは、君の決断に懸かっている」

私はこれまでずっと母国に戻りたいと言い続けてきたのだから、彼の発言は私に決定権を委ねてくれたということなのだろう。

フェリクス様はとても優しいから、最終的には私の希望通りにしてくれるつもりなのだ。

何と言えばいいのか分からなくなり、……というよりも、感情が乱れて自分の心すらよく分からなくなっていると、フェリクス様が雰囲気を変えるかのように明るい声を出した。

「ああ、残念ながら時間のようだ。君といつまでも一緒にいたいが、君の体に障るだろうから、そろそろお開きにするべきだな。私としてはこの後、君には私室でゆっくりしてもらえると安心なのだが」

フェリクス様とは異なり、私はすぐに感情を切り替えることができなかったため、困ったように彼を見つめる。

彼の言った通り、お腹の中の赤ちゃんはどんどん大きくなっていく。

だから、色々と決断しなければならないことは分かっていたけれど、妊娠を公表することはもちろん、決断済みだったこの国を去ることについても迷いが生じてしまい、何ひとつ返事をすることができない。

そんな私の困惑を読み取ったわけでもないだろうに、フェリクス様は申し訳なさそうな表情を浮かべた。

「ルピア、君に必要なだけの時間をあげることができなくてすまない。赤ん坊は育っていくから、どうしても時間的な制約が生じてしまう」

「それは少しもフェリクス様のせいではないわ」

当然のことを口にすると、フェリクス様は寂しそうに微笑んだ。

「……私のせいにしてほしいのかもしれないね。そもそも君が妊娠したのは私が理由でもあることだし、私は君のあらゆる局面に関わっていると感じたいのだろう」

フェリクス様の言葉は、私が気を遣うことがないように、との優しさから発せられたのだろう。

けれど、どういうわけか優しさは半分で、残りの半分は彼が心からそう思って発言したように、私には思えた。

❁ ❁ ❁

フェリクス様と温室で昼食を取った日以降、私は今後について様々に考えた。

これまでであれば思考することは『どうすべきか』だけだったのに、フェリクス様が何度も繰り返してくれたおかげで、『私はどうしたいのか』とも考えてしまう。

フェリクス様が何を望んでいるのかとか、母国の家族が何を希望しているのかではなく、私はど

うしたいのかしら、と。

目覚めてからずっと、私がこの国にいては邪魔になるだけなので、母国に戻ろうと考えていた。

けれど、君はどうしたいのかと問われたら、……私はどうしたいのだろう。

ディアブロ王国には父と母がいる。兄も姉も、従兄だっている。

母国の家族のもとであれば、私は穏やかに、幸せに暮らせるだろう。

しかし、この国で暮らしたことで、この国の人々とも絆ができてしまった。

私はどうしても彼らのことが気になるし、幸せでいてほしいと願ってしまう。

その筆頭がフェリクス様だから……多分、私は死ぬまで彼のことが気になるし、幸せになってほしいと願うのだろう。

だけど、フェリクス様は私の母国にいないのだ。

だから、母国に戻るのであれば、彼と別れなければならない。

大半を眠って過ごしたとはいえ、私はこの12年半、フェリクス様の妃として過ごしてきた。

だからなのか、私が誰と紐付いているのかと考えた時、どうしてもフェリクス様を一番に思い浮かべてしまう。

彼と離れたならば、私はきっと寂しく感じるだろう。

一方のフェリクス様は、私が目覚めて以降はいつだって私を優先してくれるし、ささいなことも気にかけてくれる。

その行動は心からのものに思えるから、私がこの国を去ったならば、彼は気落ちするのではないだろうか。

フェリクス様が悲しむかもしれないと考えるだけで、私も苦しくなってしまう。

「この気持ちはどこから来るのかしら？」

フェリクス様のことを考える時、以前のようなそわそわした浮かれるような気持ちは生じない。

けれど、彼にはいつだって笑っていてほしいし、幸せでいてほしいと思う。

それを側で見ていられたらいいな、とも。

ともすれば『この国に残る』と言いそうになってしまい、私は自分を戒める。

いったん口に出してしまったら取り返しがつかず、誰もが私はこの国に留まるものとして接し始めるだろうから。

10年前、ギルベルト宰相とビアージョ総長は、『虹の乙女』をフェリクス様の相手にと考えていた。

けれど、今では私を受け入れる姿勢を見せてくれている。

二人にとって何よりも大事なフェリクス様の命を救った私に恩義を感じ、贖罪と感謝の気持ちから私を受け入れてくれたのだ。

この国にとって、虹色髪の女性を王妃に迎えることが最上である事実は変わらないのに、二人は理想を求めることをやめて、私がいいと言ってくれた。

それはとてもありがたいことだけれど、もはや彼の身代わりになれない私が王妃であり続けることは、二人の厚意に甘え過ぎているのではないだろうか。

「そもそも私はこの国に残りたいのかしら？」

分からない。

感情が千々に乱れて、自分がどうしたいのかが分からない。

フェリクス様のことをどう思っているのかも。

部屋の中で一人きりで考え込んでいると、ノックの音がした。

顔を上げると、フェリクス様が扉口に佇んでいた。

「ルピア、今夜は夕食をこの部屋に運ばせて二人で食べようか」

多分、私が思い悩んでいることをミレナから聞いたのだろう。

たったそれだけで、フェリクス様は私に静かな時間を与えようとしてくれているのだ。

「フェリクス様、母国の家族はとても私に甘かったけれど、それでもあなたほどではないわ」

多分、これほど私に優しくしてくれる人は他にいないし、今後も現れることはないだろう。

それなのに、フェリクス様はそのことをアピールすることなく、さらりと誰も傷付けないような言葉を口にするのだ。

「そうか、彼らは君の夫ではないからね」

「あなたは私の夫だから優しくしてくれるの？」

なぜだか詳細に尋ねたくなり、じっと見つめながら質問すると、フェリクス様は唇を歪めた。

「……そうでもないな。もしも君が私を捨て去ったとしても、機会があれば私は君に優しくするだろうね」

あまりに正直に物を言うフェリクス様が心配になり、ふと母国の母が言った言葉を思い出して助言する。

「フェリクス様、そういうことを正直に口にするのは、駆け引きとして間違っていると母国の母が言っていたわ。今の場合で言うと、あなたを失ったとしても、同じ恩恵を受け続けることができると私に思わせたら、あなたを引き留めようという強い気持ちが私に湧かなくなるらしいから」

母に言われた通りの忠告をすると、フェリクス様は迷う様子もなく頷いた。

「構わないよ。君は駆け引きをする相手ではないから」

「えっ？」

「君が相手であれば、私は今後ずっと誠実に対応すると決めたのだ」

そう言うと、フェリクス様は陰りのない表情で微笑んだ。

「…………」

彼の笑顔を見た私は、なぜだか衝撃を受けたかのようにびくりとする。

同時に、胸の中によく分からない感情が生じたため、服の胸元をぎゅっと摑むと無言で頷いた。

何を言えばいいのか分からなかったし、そもそも声を出せるとも思えなかったからだ。

フェリクス様は無言でぱちぱちと瞬きを繰り返す私にそれ以上話し掛けることなく、椅子に座らせてくれた。

それから、まるで給仕係になったかのように運ばれてきた食事をテーブルの上にセットすると、私のグラスにお水を注いでくれる。

「どうぞ、お妃様」

フェリクス様は優しい声でそう言うと、私の隣の椅子に座り、食事をするよう促した。

私は黙々と目の前の料理を口にしたけれど、ともすれば手が止まりがちになる。

すると、フェリクス様が必ず手を伸ばしてきて、私の口元に何らかの食べ物を差し出してきた。

「お腹の赤ん坊から、『お腹が空いた』と訴えられた気持ちになってね」と、優しく微笑みながら。

……ああ、フェリクス様は今日も優しいわ。

きっと彼は、いつまでもずっとこんな風に優しいのでしょうねと思いながら、私は食事を続けたのだった。

31・王宮舞踏会

規則正しい生活を送り、少し体力が付いてきた頃、王宮舞踏会の日がやってきた。

その日は早い時間からゆっくりお風呂に入り、たくさんの侍女によって体中をぴかぴかに磨き上げられる。

ネイルや髪といった全ての準備が終わった後、私はフェリクス様から贈られた最新のドレスに袖を通した。

私が眠っていた間に新たな布が開発されたようで、ドレスはつるつるとして肌触りがよく、仄かに光を放っている。

そして、今年の流行らしいリボンが胸元を飾っていた。

背中にあるボタンを留めてもらった後、私は鏡に全身を映してみる。

多分、このドレスは妊婦である私のことを考えて作られたのだろう。

上半身はぴったりなのにウエスト部分は少しゆったりしていて、そこからふんわりとスカート部分が広がっているのだから。

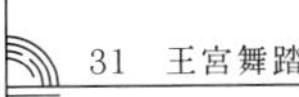

そして、ありがたいことに、私の左肩から胸元まで広がる傷跡が綺麗に隠れるデザインだった。

サイズも測ったようにぴったりで、とても着心地がいい。

「いえ、実際に測って作ってあるのでしょうね。これはオートクチュールだもの」

私の体に合わせて作られた、私の外見をよく見せるためにデザインされた、私のための一点物のドレス。

本物と見間違うほど精巧に作られた造化がいくつも飾られており、私の好みにもぴったり一致していた。

「……ディアブロ王国から持ってきたドレスをテーラーに見せて、私が着るドレスの傾向を把握したのかしら？　そうでなければ、これほど私の好みを取り入れることはできないわ」

着てみたらはっきり分かる。

これはフェリクス様が言っていた「着るものがなくて困らないためのドレス」ではなく、私の好みに合わせて作らせた「私のためのドレス」だ。

気分が高揚してきたようで、私はお腹に気を付けながらゆっくりとその場で回ってみた。

すると、スカート部分が美しくふわりと広がり、とても楽しい気分になる。

思わず声に出して笑っていると、誰かにウエストを摑まれた。

「えっ？」

びっくりして摑まれた部分を見下ろすと、フェリクス様が床に膝をつく形で、私のウエストに両手を回していた。

「フェリクス様？」

名前を呼ぶと、彼は顔も上げずにぎゅううっと抱きしめる腕に力を込めた……ただし、私のお腹には触れないように気を遣ってくれていたので、妊婦である私に注意したいことがあるのだろう。

果たしてフェリクス様は私のお腹に顔を伏せたまま、くぐもった声を出した。

「ルピア、頼むから私の心臓を止めようとするのはやめてくれ」

「その、心配をかけたのならば申し訳なかったけれど、私は大丈夫よ。もう何年も、ダンスをしている最中に転んだことはないから。それに、今の回転は普段の何倍もゆっくりだったわ」

他に思い当たることがなかったので、私がこの場でくるりと回ったことを咎められているのかしらと思いながら、安心させる言葉を紡ぐ。

けれど、フェリクス様は思った以上に心配性のようで、ちっとも安心していない表情で頭を振った。

「それでも、私の心臓を止めるには十分だ」

そうね、私自身は大丈夫だと思っていても万が一ということもあるし、見ている方はハラハラするのかもしれない。

「私が悪かったわ。もうはしゃがないわ」

しゅんとしてそう言うと、フェリクス様は立ち上がって考える様子を見せた。

「いや……君にそんなつまらない生活をしてほしいわけではない。難しいだろうが、今後は私がいるところではしゃいでもらえるとありがたい」

「わかったわ。フェリクス様に会うまで、楽しい気持ちを取っておくわね」

笑顔でそう言ったけれど、フェリクス様は私の提案は現実的でないと思ったようだ。

「私が君のもとに戻るまで何時間も、君は楽しい気持ちを我慢しておくのか？　それは非常に難しく聞こえるな。よければ君が楽しい気分になるたびに、私に使いを出してくれないか」

まあ、私が使いを出すたびに、フェリクス様は執務の途中で抜けてくるつもりかしら。

そして、私が嬉しさでくるりと回るのを見守るの？

「フェリクス様、楽しい気持ちをずっと持ち続けるのは我慢じゃないわ。待っている間ずっと楽しい気持ちが続くのだもの。私のところに来てくれたあなたに話をして、あなたも楽しくなってくれたら、私はもっと楽しい気持ちになれるわ」

私の言葉を聞いたフェリクス様は戸惑った様子を見せた。

それから、少し考えた後、確認するかのように首を傾げる。

「そうなのか？」

「ええ」

笑顔で答えると、フェリクス様も小さく笑みを浮かべた。

「そうか。だとしたら、君のはしゃいだ姿が見られるかもしれないと、毎日楽しみにしながら君のもとに戻ってくることにしよう」

フェリクス様はそう言うと、一歩後ろに下がって私の全身を眺めた。

「ルピア、妖精のように愛らしいよ。先ほど君が回ってみせた時は心臓が止まるかと思ったが、その理由の半分は君が転ぶかもしれないと焦ったことで、残りの半分は君が美し過ぎたせいだ」

「えっ？」

待ってちょうだい。フェリクス様はこんな風に正面から褒める方だったかしら。

綺麗に見えるようにとできるだけ手を尽くしたから、褒めてもらうことは嬉しいけれど、フェリクス様の表情は真に迫っていて、本気で言っているように聞こえてしまう。

ルピア、その気になってはいけないわ。

紳士は自分の妻を褒めるものだから、社交辞令だとわきまえて、「ありがとう」と余裕の笑みを浮かべてお礼を言っておけばいいのよ。

それが正しい礼儀だというのに、本気にして顔を真っ赤にしてどうするの。

こんな調子で私は、今夜の王宮舞踏会を乗り切れるのかしら。

自分自身が不安になり、顔を真っ赤にしたまま縋るようにフェリクス様を見つめると、彼は無言のままごくりと唾を飲み込んだ。

❁　❁　❁

フェリクス様は王の立場にあるため、王宮舞踏会に足を踏み入れるのは、貴族の全員が揃った後になる。

そう説明されたので、フェリクス様と私は大ホールの隣にある控室で、侍従が呼びに来るのを待っていた。

けれど、待っている間に少しずつ緊張が高まってきたようで、ぷるぷると指先が震えてきてしまう。

私は緊張をほぐそうと何度も両手の指を組み合わせた。

フェリクス様はそんな私の様子を見かねたようで、黙って私の手を取ると、彼の片手と私の片手の指を絡ませる。

「ルピア、落ち着かないようだね。こんな風に指を合わせると、緊張が緩和されるのか？」

「ええ、いえ、いいえ」

自分の右手と左手の指を組み合わせると緊張がほぐれるのだけれど、他の人の指と組み合わせても同じ効果は得られないようだ。

というよりも、フェリクス様と指を組み合わせると、より緊張が高まるようだ。

そのことに気付いた私は、ふるふると首を横に振る。

「きょ、今日はダメみたいだわ。だから、手を放してもらえるかしら」

顔を赤くしてそう言うと、フェリクス様は私を見つめてきた。

「君には効かないようだけれど、私には有効のようだ。なるほど、指を組み合わせると落ち着くものだね」

フェリクス様の言葉を聞いた私は、驚いて彼に視線をやる。

彼をお相手に定めてからずっと、夢の形で彼を見てきたけれど、フェリクス様が自分を落ち着かせる方法は、指を組み合わせることではなかったはずだ。

幼い頃から慣れ親しんだ動作を繰り返すことで、落ち着きを取り戻すことができると思ったのだけれど、初めての動作でも同じ効果を得ることができるものかしら。

フェリクス様の状態を確認しようとじっと見つめていると、彼の頬が赤くなる。

それから、フェリクス様は観念したように目を瞑った。

「……いや、そうでもないな。指を組み合わせると落ち着くと思ったのは、私の勘違いのようだ。……君と手を握り合っているのだから、心臓の拍動が速くなるのは自明の理で、落ち着けるはずもない。私の場合は、だが」

彼の言葉を聞いて、フェリクス様は指を組み合わせることで彼自身が落ち着くはずはないと分かっていながら、私のために効果がある振りをしてくれたのだと気付く――――私を落ち着かせるために、私が普段行っていることに効果があるのだと、示そうとしてくれたことに。

まあ、それなのに私ったら彼の思いやりに気付くことなく、無粋にも真実を暴いてしまったわ。

彼の努力を台無しにしてしまったことを申し訳なく思っていると、フェリクス様は絡めていた指を解いて、私の腰に両腕を回してきた。

それから、彼は正面から私を見下ろすと、言い聞かせるような声を出す。

「ルピア、今日の舞踏会は私が君に見合う夫であるかどうかを示す場だ。それだけの意味なのだから、君が気負う必要はない。参加者の中には夫の毒を自ら吸い出してその身に受け、10年もの間臥せていた、勇敢で献身的な王妃の尊顔を拝したいと思う者もいるだろうから、顔くらいは見せてやろうという気持ちで臨めばいいのだ」

「まあ」

散々な言いようだわ。

そう思ったものの、私の気持ちを軽くするために、フェリクス様が敢えてぞんざいな表現をしたことは分かっていたため、ありがたいことだわと黙り込む。

すると、代わりにフェリクス様が言葉を続けた。

「それに実のところ、君とさほど差がないほど長いこと、私も舞踏会に顔を出していないから、久しぶりという意味では私も同じだ。そして、私と君の優雅さを比較してみると、圧倒的に君が上だから、無様さを晒すとしたら私の方だ」

「フェリクス様ったら」

彼は王になる者として厳しく躾けられてきたから、その所作は誰が見ても優雅と思うほど美しい。

そんな彼が舞踏会で無様さを曝け出す姿なんて、想像もできない。

突拍子もないことを言い出したことがおかしくなり、ふっと小さく笑ったところで、笑みを浮かべられるくらい余裕が生まれたことに気付く。

「フェリクス様、少し緊張がほぐれたみたいだわ」

正直に報告すると、彼は穏やかに微笑んだ。

「それはよかった」

彼が頷いたところで侍従が現れ、時間ですと告げる。

そのため、私はフェリクス様とともに立ち上がると、彼の腕に手を掛けて扉に向かったのだった。


フェリクス様とともに開かれた扉の先に向かって歩いていくと、大勢の貴族たちに出迎えられた。

私たちの少し後を、別室で控えていたクリスタとハーラルトが続く。

思えば、私が舞踏会に参加するのは12年振りで、彼らと顔を合わせるのも12年振りだ。

王宮舞踏会を開くのは王宮内で一番大きい大ホールと決まっており、天井からたくさんのシャンデリアがぶら下がっていた。

今夜はその全てに明かりが灯され、磨き抜かれた床や柱に施された黄金の飾りがきらきらと輝いている。

そして、華やかな衣装に身を包んだ紳士淑女が会場を彩っていた。

初めのうちは緊張していて、皆の様子を確認する余裕はなかったけれど、少しずつ落ち着いてきたため、数段高い場所に設えられた椅子に座ったタイミングでさりげなく周りを見回す。

すると、誰もがぽかんと口を開けて私を見ていた。

「えっ？」

まさかそのような表情を浮かべられるとは思っていなかったため、びっくりして見返すと、貴族たちは目だけを動かしてフェリクス様を見つめ、今度は信じられないとばかりに唇を引き結んだ。

「ええっ？」

一体どういうことかしら。

王宮の侍女たちの手を借りて最新のドレスを着てきたから、驚かれるほどおかしな格好はしていないつもりだけど、どこかまずかったのだろうか。

それに、フェリクス様まで驚かれるというのはどういうことかしら。

貴族たちが驚く理由が分からなかったため、舞踏会は始まったばかりだというのに、私は既に失敗してしまったような気持ちになったのだった。

❁　❁　❁

もしも私がフェリクス様に恥をかかせているとしたら、舞踏会に参加したのは間違いだったわ。

そう考えて縮こまっていると、フェリクス様が片手を上げて開催の挨拶を始めた。

「久方ぶりに私の名で開いた舞踏会にもかかわらず、多くの参加者があることを嬉しく思う。今宵は我が妃の快癒を祝うものだ。これより王宮舞踏会を開催する」

そんな短い言葉とともに、6年振りに王の名で開かれた王宮舞踏会が始まった。

舞踏会に参加する目的は、新たな人脈作りと旧知の友人たちとの交流だ。

それなのに、フェリクス様は挨拶の中でそれに一言も触れることなく、私の健康のみを話題にした。

「王の挨拶としては短いけれど、あれでよかったのかしら。貴族の方々は10年もの間、公の場に現れない妃のことを訝しく思っていたはずよね。だから、はっきりと妃が快癒したと発言したのは正解なのかもしれないわ」

王が妃の話題に触れたことで、私はトピックにしていい公の存在だと認められたのだ。

私もフェリクス様も、何も後ろ暗いことはないと証明するために舞踏会に参加しているのだから、注目されることは願ったり叶ったりではないだろうか。

――そう、私が舞踏会に参加した目的は、私は元気で、フェリクス様と仲良くしていることを皆に知ってもらうためだ。

私は王の毒を吸い出した際に自らの身に毒を受け、寝込んでいたことになっているので、もう十分元気になったのだと伝えるために。

　さらに、私は自分の身の上を恨んでおらず、王と仲が良いのだと伝えるために。

　私の役割を果たすべく、できるだけにこやかな表情を浮かべていると、私の隣に座っていたクリスタとハーラルトが立ち上がり、階段をトりてダンスフロアに進み出た。

　基本的に舞踏会の始まりには、その場で一番身分が高い男女がダンスを踊るものだけれど、私は妊婦だから踊れないし、フェリクス様も踊るつもりはないようだ。

　そのため、王弟と王妹の二人がダンスをしたのだけれど、それは夢のように美しいものだった。

　ハーラルトはフェリクス様そっくりの美貌の持ち主だし、背筋を伸ばしたとても綺麗なダンスをする。

　一方のクリスタも文句なしの美女で、堂々とした姿勢で難しいステップを難なく踏んでいた。

「二人ともダンスがとても上手だわ。何て魅力的なプリンスとプリンセスなのかしら」

　感心して弟妹を褒めると、フェリクス様は「ああ」と短く相槌を打った。

　どうやらあまり関心がないようだ。

　物憂げな様子で頬杖を突くフェリクス様を、貴族たちがちらちらと横目で見ている。

　先ほどの挨拶も非常に短いものだったし、どうやらフェリクス様はこの10年の間に舞踏会が嫌いになったようだ。

　この6年間、フェリクス様は王宮舞踏会を主催しなかったし、参加もしなかったとのことなので、舞踏会を嫌いになるよっぽどの理由があったのだろう。

それは一体何なのかしらと考えていると、貴族たちが次々と挨拶をしに来てくれた。

皆は至尊の立場にあるフェリクス様が久しぶりに舞踏会に参加したことに興奮しており、その喜びを伝えてくるのだけれど、同じくらい熱心に私を気にかけてくれる。

「国王陛下、このような華やかな場で再びお姿を拝見することができ、喜びに打ち震えております！　今夜は王宮舞踏会を開催くださり、誠にありがとうございました！　それから、王妃陛下におかれましては、私どもの前にお元気なお姿を見せてくださりありがとうございます！　臥されている期間があまりにも長かったため、臣下の一人として心より心配しておりました」

「私ども臣下の役割でありますのに、勇敢なる王妃陛下が王の毒を自ら吸い出され、かつその身に受けられたと聞いて、毎日、女神に王妃陛下のご無事をお祈りしておりました。女神が私の祈りを聞き届け、王妃陛下の快癒の一助になれたのだとしたら、望外の喜びでございます」

「国王陛下も長いこと王妃陛下のご体調を心配されていましたから、これで少しは安心されることでしょう」

先ほど、私を見た貴族たちがぽかんと口を開けているのを見て、大きな失敗をしたような気持ちになったため、温かい声を掛けられて嬉しくなる。

けれど、どうしても先ほどの貴族たちの様子が気になり、以前お茶会で一緒になったご夫人にこっそり尋ねてみた。

「先ほど、皆様は私を見て驚いていたようだけれど、何か不都合があったのかしら？」

「不都合など、とんでもないことですわ！　実のところ、病み臥せっていたはずの王妃陛下が、若く美しい姿をお見せくださったので、驚愕していたのです。王妃陛下のお若さは10年前と全く変わりませんし、お美しさはさらに磨きがかかりましたわ」

その言葉を聞いて、そうだった、私の年齢は皆が思っているよりも12歳も若かったのだわと思う。

それから、痩せた女性が魅力的とされるこの国の美の基準には、結婚当初の平均的な体形よりも、痩せてしまった今の方が合致しているのかもしれないと気が付いた。

先ほどの皆の様子に納得しながら、多くの貴族たちと言葉を交わしたけれど、やはり誰もが私に温かく接してくれた。

嫁いできて初めの半年の間、貴族の方々と言葉を交わしたことはあるし、多くの方は親切にしてくれたけれど、ここまでではなかった気がする。

どうしてこれほど親切にしてもらえるのかしらと不思議に思っていると、隣に座っているクリスタが小声で独り言を口にした。

「お義姉様に対して悪くない態度だわ。お兄様が6年間も舞踏会に参加しなかったことが効いているようね」

一体どういうことかしらと顔を向けると、声を聞かれたことに気付いたクリスタが慌てた様子を見せる。

「あっ、今のは何でもない独り言よ！」

「クリスタ？」

尋ねるように名前を呼ぶと、クリスタは困ったように視線をそらして、瞬きを繰り返した。

けれど、すぐに観念した様子でぼそぼそと言う。

「ええと、お兄様には私が言ったことを黙っていてちょうだいね」

クリスタはフェリクス様が貴族たちと談笑しているのを確認すると、顔を近付けてきて囁いた。

「実は6年前の舞踏会で、貴族の一人がお義姉様について否定的な発言をしたのよ。いくら王を庇ったといっても、4年も臥せっているようでは、王妃としての務めを果たせないってね」

「それは仕方がないことだわ」

納得して頷くと、クリスタは信じられないことを聞いたとばかりに目を見開いた。

「お義姉様、ちっとも仕方がない話ではないわよ！　お義姉様はお兄様の命を救ったのよ。そして、ずっと苦しんでいたのよ。それ以上何一つ望むべきではないわ」

そう言ってもらえてとても嬉しいけれど、王妃の役割は多岐にわたるから、私にもっともっと望む者がいても不思議ではない。

そう思って返事ができないでいると、クリスタはさらりと衝撃の事実を伝えてきた。

「もちろんお兄様も同じように思われたようで、その場で激高されたの。控えていた騎士の剣を抜いて、その伯爵の胸元に当てたのよ」

「えっ!?」

激高レベルが想定をはるかに上回っていたため、びっくりして目を見開く。

そんな私に向かって、クリスタは真剣な表情で続けた。

「それから、お兄様はぎらりとした目で伯爵を睨みつけると、恐ろしい声で迫ったの。『では、自らの胸をこの剣で刺し貫いてみよ！　貴様は瀕死の重体になるだろうが、それでも臥せることなく貴族家当主としての役割を果たせ！　自らの言葉くらい実行してみせるんだな』って」

当時の情景が脳裏に浮かんでくるように思われ、慌ててクリスタに尋ねる。

「ギルベルト宰相はその場にいなかったの？」

宰相であれば、フェリクス様が正しい王道をいくことを望んでいるので、彼を諌めるはずだ。

そう期待して質問すると、クリスタは大きく頷いた。

「もちろんいたわ。『伯爵、ダンスの要領で一歩踏み出せば、綺麗に剣が胸に刺さりますよ』と冷静にアドバイスしていたわね」

何てことかしら。ギルベルト宰相まで理性を失くすなんて、一体どのような状況かしら。

「ビ、ビアージョ総長は」

こうなったら常識派の総長に期待するしかないわ、と恐る恐る質問すると、クリスタが先ほどと同じように力強く頷く。

「ええ、総長も冷静に、『陛下、心臓の位置からずれております。あと2センチ右側に寄せてください』とお兄様にアドバイスしていたわ」

「何てことかしら！」

なぜだか分からないけれど、三人が揃っておかしくなっていたようだ。

呆然としてクリスタを見つめると、彼女は優雅に肩を竦めた。

「結局、その貴族は恐ろしさに気絶して前に倒れ込んだのよ。その際、お兄様が構えていた剣が首をかすめて出血したものだからさあ大変！　そこからは大混乱よ。ご婦人方は何人も悲鳴を上げて気絶するし、他の貴族たちは大きな足音を立てながら周りをうろつき回るし、騎士たちは誰も止められないし」

「ああ」

呻くような声を上げると、クリスタは諦めなさいとばかりに首を横に振った。

「だからね、その場でお兄様が今後二度と王宮舞踏会に参加しないと宣言した時、誰も何も言えなかったの。ちなみに、あの夜のことは『血の舞踏会』という呼称で、今も語り継がれているわ」

❁　❁　❁

新たに知った事実に、私の顔は青ざめた。

何てことかしら。フェリクス様が長年舞踏会に参加しなかったのは、もしかしたら私が原因かもしれないと密かに考えていたけれど、実際にその通りだったのだわ。

しかも、クリスタの話の中に登場するフェリクス様は、そのようなことを本当にしたのかと疑いたくなるほど過激だ。

信じられない思いでフェリクス様を見つめると、視線を感じた彼がこちらを向いて、穏やかに微笑んだ。

「どうした、ルピア？　喉が渇いたのなら何か飲むかい？」

その表情にはどこまでも私を思いやる気持ちが溢れていて、優しい人にしか見えない。

クリスタが嘘を言うはずないのだけれど、フェリクス様は気に入らない言葉を聞いたからといって、剣を抜くようなタイプには思えない。

心を落ち着かせるため、何か飲みたいと思って頷くと、侍女の一人がグラスの置かれたトレイを差し出してきた。

受け取ったグラスには紫色の液体が入っていて、一見ワインに見えるけれど、実はフルーツジュースだ。

というのも、妊娠が分かって以降、フェリクス様が一切のお酒を私から遠ざけているからだ。

グラスを手に持ってゆっくりと口に含んでいると、一組の父娘が近付いてきた。

にこやかに接していると、父親の如才ない挨拶に続いて娘が頭を下げる。

「フェリクス陛下、王のご尊顔を拝する機会をいただきましたことを嬉しく思います」

それは赤色と緑色の髪を持つ年若いご令嬢だった。

2色の虹色髪を持っていることから、高位貴族であることが分かる。

けれど、この10年間眠り続けていた私には、どの貴族家のご令嬢であるのかが分からなかったため、下手なことは言えずに黙っていると、ご令嬢が艶やかに微笑んだ。

「今夜の王宮舞踏会に際して、王から特別に、必ず参加するようにとのお言葉を賜りましたことを非常に光栄に思っております。たとえ足が折れたとしても、槍が降ってきたとしても、必ず参加するつもりでしたわ」

その言葉を聞いて、びくりと肩が跳ねる。

フェリクス様が特別に参加を依頼した？

そう考えて一瞬動揺したけれど、そのご令嬢は虹色髪を持っているので、フェリクス様が特別に目を掛けることに不思議はなかった。

言うまでもないことだけれど、スターリング王国において、虹色髪の者は特別に重宝されているのだから。

気になってじっと見つめていたためか、ご令嬢は私に顔を向けるとにこりと微笑んだ。

「王妃陛下には初めてお目にかかります。バルバーニー公爵家のブリアナです」

正面から向かい合ったことで、ブリアナが非常に美しい女性であることに気付く。

彼女は真っ白い肌に大きな目を持っており、濃くて長いまつ毛が彼女の美しさを際立たせていた。

平均よりも厚い唇がとてもなまめかしく、私にはない色香を漂わせている。

恐らく私の実年齢と同じくらいで、公爵令嬢として高い教育を受けているのだろう。

彼女の一挙手一投足は自信に満ち溢れており、とても優雅だった。

「赤と緑のとても綺麗な髪をしているのね」

虹色髪を褒めると、ブリアナは上品に微笑んだ。

「ありがとうございます。生まれた時は1色でしたが、11歳の時に2色に変化したのです。恐れ多くも、フェリクス王の髪色の変化と同じ経緯を辿りましたので、女神の不思議な思し召しに驚いておりますわ」

私が返事をするより早く、隣からクリスタが尖った声を出す。

「お兄様の髪色は1色から3色に変化したのよ。同じではないわ」

「まあ、その通りですね。誤解を招く言い方をして、大変失礼いたしました」

ブリアナは素直に頭を下げた。

フェリクス様はそれらの会話を黙って聞いていたけれど、沈黙が落ちたタイミングで二人に向かって小さく頷く。

「バルバーニー公爵、ブリアナ嬢、舞踏会を楽しんでくれ」

フェリクス様が声を掛けたことで、二人は退席のタイミングだと理解したようで、頭を下げると去っていった。

バルバーニー公爵父娘の後ろ姿を見ながら、クリスタがむくれたような声を上げる。

「お兄様ったら、どうしてわざわざ舞踏会への参加をブリアナ嬢に依頼したのよ！　勘違いされても知らないからね!!」

フェリクス様は何でもないことだとばかりに、さらりと返した。

「虹色髪を持つ『女神の愛し子』が近くにいることで、周りの者にも様々な祝福が与えられることはお前も知っているだろう。今日は12年振りにルピアが舞踏会に参加するのだから、できるだけ多くの祝福を集めたいと思っただけだ」

「お義姉様中心主義のお兄様らしいわね！」

クリスタはフェリクス様の言葉に納得した様子だったけれど、私は小さな違和感を覚えて小首を傾げる。

フェリクス様の言葉に嘘はなく、私のために多くの祝福を集めようとしてくれたことは事実だろうけれど、それだけではないように思われたからだ。

フェリクス様は何か別の理由があってブリアナを呼んだように思われたものの、その理由は分からなかった。

――――10年前は、アナイスが『虹の乙女』として様々な国内行事に参加していた。

けれど、この10年間、アナイスは王都外にいるとのことなので、彼女の代わりにブリアナが虹の女神関連の行事に参加しているのかもしれない。

だから、フェリクス様は彼女に声を掛けたのかもしれないわ、と自分を納得させると、私は新たに挨拶に来た貴族に意識を切り替えたのだった。

しばらくすると、私は椅子から立ち上がり、貴族たちのもとを回ることにした。

心配性のフェリクス様は誰かが私のお腹にぶつかったら大変だと、私の隣にぴったりとくっついている。

その様子を見た貴族たちは、驚いたように立ち止まってフェリクス様を見つめていた。

どうやらフェリクス様は『血の舞踏会』のせいで、皆から怖がられているようだ。

そんな彼が妃とともににこやかに皆のもとを回る姿は、貴族たちには信じられないものに映るらしい。

こうなったらフェリクス様は優しい方だと、皆に分かってもらわなければいけないわ。

多分、『血の舞踏会』がものすごく衝撃的だったため、人々に恐怖の記憶として強く残ったのだろう。

そして、その事件以降、フェリクス様が一切舞踏会に参加しなかったことも相まって、彼の恐ろしい印象が貴族たちの中に残っているのだ。

そのため、フェリクス様が普通の言葉を掛けるたび、あるいはわずかでも微笑んだりするたびに、皆は信じられないものを見たとばかりに目を見張っているのだろう。

どうやら私が10年振りに人々の前に姿を見せたことよりも、フェリクス様が舞踏会で紳士的な言動をしていることの方が、皆にとっては衝撃のようだ。

私たちが話しかけるだけで誰もが驚くとともに、嬉しそうな様子を見せるため、舞踏会に参加してよかったと改めて思う。

一言二言交わしながら貴族たちのもとを回っていると、先ほど挨拶をしてくれたブリアナと彼女のご友人一行が視界に入ってきた。

ブリアナが何事かを発言し、それに対して周りの者たちが笑い声を上げる。

「とても楽しそうね」

王宮舞踏会を楽しんでいる様子を嬉しく思い、声を掛けると、全員がはっとした様子でこちらを見てきた。

「王妃陛下、お声掛けありがとうございます！　それから、改めましてご快癒されましたことお喜び申し上げます」

グループの中にいた一人の青年が、にこやかな表情で労わりの言葉を掛けてくれた。

グループの全員が10代から20代のようだから、6年前に起こった『血の舞踏会』には幼くて参加していなかったのだろう。

誰もが恐怖の表情を浮かべることなく、尊敬の眼差しでフェリクス様を見ている。

「ええ、おかげさまで元気になったわ。舞踏会を楽しんでいるようね」

そう返すと、全員が笑みを浮かべた。

それから、ご令嬢の一人が弾んだ声を上げる。

「王宮舞踏会はとても楽しいです！　このような煌びやかな場に参加したのは初めてなので、国王夫妻が主催される舞踏会は格別だとときめいておりました」

頬を赤くして、胸元で手を握り合わせるご令嬢の姿はとても可愛らしかった。

「それはよかったわ。遠くからでも、あなた方の楽しそうな様子が見て取れたわ」

笑顔で返すと、ブリアナが笑みを浮かべて説明を始める。

「私たちは虹色髪が子どもに伝わるという話をしていたんです。私は2色の虹色髪を持っていますから、夫となる方が同じように複数の虹色髪を持っていたら、2色以上になることは確実ですわ」

彼女の言葉を聞いて、グループの全員が同意するように頷いた。

「2色の虹色髪を持って生まれてくるとしたら、確実に祝福されていますよね！　ああ、ブリアナ嬢の子どもとして生まれてくる者は幸せだ」

「本当にうらやましい！　私がブリアナ嬢の子どもになりたかったよ!!」

もちろん彼らは何もおかしなことを言っておらず、思っていることを口にしただけだ。

けれど、なぜか――――私が妊娠しているためか、彼らの言葉が胸に突き刺さった。

私が生む子どもは、白一色の髪かもしれない。

子どもが長じたとしても、髪が虹色に変化することはなく、ずっと白いままだろう。

そんな子どもがこの国で受け入れてもらえるのだろうか。

声を出すことも難しく思えたため、無言のまま立ち尽くしていると、フェリクス様が私の腰に当てていた手に引き寄せられるようにぴたりとくっついてきた。

それから、無言のまま私の頭のてっぺんに唇を落とすと、私を見下ろしたまま口を開く。

「虹色髪に生まれてきたとしたら、女神の祝福をいただけたということだから、その子は幸せになるだろうね。同じようにルピアの子どもとして生まれてきたら、愛情深い母親に世話を焼いてもらえるのだから、やはり幸福になるだろうな」

フェリクス様は私の髪を一房手に取ると、眩しそうに目を細めた。

「私はね、妃を一目見た時に、彼女の髪色は我が国が誇るレストレア山脈の積雪の色だと思ったのだ。我が国を豊かにして命を育んでくれた、あの壮麗にして荘厳な山の雪と同じ色だとね。もしも白い髪の子どもが生まれてくれたら、私は幸せだろうな」

それは、その場にいた誰もが発想もしない言葉だった。

フェリクス様の口調は静かだったけれど、深い思いが込められていることは明らかだったため、その場にはしんとした沈黙が落ちた。

❁ ❁ ❁

虹色髪が最上のものだと信じられているこの国で、私の白色髪が評価されないのは当然のことだ。

それはどうしようもないことなのに、フェリクス様は柔らかい言葉で私の白い髪を評価してくれた。

決して虹色髪を貶めることなく高く評価しながらも、白い髪も同じくらい価値があると、明言したのだ。

周りにいた貴族たちは戸惑った表情を浮かべたけれど、すぐに気を取り直した様子で大きく頷いた。

「私どもの偉大なる王を救われた、勇気ある王妃陛下を存じ上げない者は、今やこの国におりません！　王妃陛下の色を継がれるのであれば、さぞや勇敢なお子様になられることでしょう」

「ええ、王がおっしゃったようにレストレア山脈の積雪のおかげで、我が国は豊かになったのですから、その色を敬わない者などおりませんわ」

貴族たちが次々とフェリクス様の言葉に迎合する様子を見て、王の権能の強さを見たように思う。

この国では虹色髪が最上で、誰だってそれ以外の髪色は認めていないはずなのに、誰もがフェリクス様の発言に賛同しているのだから。

少なくとも10年前にはこのような反応は見られなかったわ、と思いながらフェリクス様を見上げると、彼は私を見てふっと目元を柔らかくした。

そのわずかな動きを見て、周りの貴族たちがはっと息を呑む。

それから、貴族たちは私を取り囲むと、もう一度白い髪を褒めそやし始めた。

恐らく、フェリクス様が私を好ましく思っていることを貴族たちは感じ取り、彼が大事にしている私を大事にしようとしてくれているのだ。

これまでになかったことに戸惑っていると、ブリアナが心配そうな声を出した。

「まあ、皆様、もうそこらへんでおやめになってはいかがですか？　王妃陛下は勇敢な行いによって体を壊されたのですから、お子様を産むためにはお力をつける時間が必要なはずです。それなのに、次代を望む言葉ばかりをかけたりしたら、王妃陛下にとって大きなプレッシャーになりますわ」

他の貴族たちははっとしたように目を見開くと、「その通りですね」「大変無神経でした」と次々と謝罪の言葉を口にした。

けれど、実際に私は妊娠しているので、何も言えずに首を横に振る。

すると、私の代わりにフェリクス様が貴族たちに向かってとりなす言葉を掛けた。

「元はと言えば、私が赤子について語り出したのだ。ブリアナ嬢の言う通り、健康状態がどうであれ、女性にとって出産は一大事だ。そのことを改めて認識したから、いつその幸福が私たちのもとに訪れたとしても、できるだけ安全に子を産めるように環境を整備することにしよう」

フェリクス様の言葉はやっぱり私に対する思いやりに満ちていて、それでいてその場にいる誰も傷付けないものだった。

そのため、クリスタから聞いた『血の舞踏会』におけるフェリクス様の対応が、どうしても私の知る彼の言動と一致しなくて困惑する。

戸惑って彼を見上げると、フェリクス様は私の腰に手を回し、気遣うように顔を覗き込んできた。

その仕草から、ああ、彼に心配されているのだわと思う。

先ほど髪色が話題になったため、私が虹色髪でないことに気落ちしていないかと心配してくれているのだ。

実際にフェリクス様は白い髪を美しいと思ってくれているのだろうけれど、それでも心の裡で思うだけでなく、皆の前で明言してくれたのは、私に対する思いやりだろう。

そのことに気付き、彼が貴族たちの前で私の味方をしてくれたことに嬉しくなる。

いくらフェリクス様が王と言えど、誰もが彼の全ての意見に賛同するわけではない。

この国で虹色髪の価値は不変だから、それ以外の髪色は人によって評価が異なるはずだ。

取り扱いが難しいものだから、保身を考えるならば黙っていることが一番なのに、彼は反発や反感を買う恐れがあると分かっていながら、私を庇ってくれたのだ。

感謝と私は大丈夫という気持ちを込めて微笑みかけると、フェリクス様は安心したように頷いた。

それから、彼は丁寧な仕草で私の手を取ると、周りの貴族たちに「楽しんでくれ」と言い置いて、その場を後にした。

まだ会場の一部を回っただけだったので、てっきり次のグループに声を掛けるのだろうと思っていたけれど、案内されたのはバルコニーだった。

フェリクス様が入り口を警備する騎士に何かを言いつけた後、騎士たちが会場側から入り口を閉めたので、恐らく、他に誰も通さないようにと指示を出したのだろう。

何か話があるのかしらと思ったものの、夜風の気持ちよさに気を取られる。

久しぶりに大勢の人と話をしたことで高揚しているのか、少し体が火照っているようだ。

ふうっと息を吐いていると、フェリクス様がグラスを差し出してきた。

「ルピア、冷たい水だ」

「ありがとう、ちょうど喉が渇いていたの」

グラスに口を付けると、冷えた水が喉を通り過ぎていって、とても美味しく感じる。

人心地ついていると、フェリクス様が私の手からグラスを受け取り、近くのテーブルの上に置いた。

それから、称賛するかのような、少し照れたかのような表情で見つめてくる。

「ルピア、舞踏会に参加してくれてありがとう。君は素晴らしい王妃だ。今夜はずっと、君の夫として隣に立てていることが誇らしかった」

フェリクス様からの突然の褒め言葉に、私はびっくりして彼を見上げた。

まあ、今夜、この会場で一番注目と尊敬を集めていたのはフェリクス様だわ。

だから、むしろ私の方が彼の隣に立てていることを誇らしく思うべきじゃないかしら。

「フェリクス様、今夜の舞踏会で一番人気が高いのはあなただわ。舞踏会に参加していた誰もがあなたから目が離せない様子で、一挙手一投足に注目していたもの」

「それは私が王だから、皆が注意を払っているだけだ」

さらりと返されたけれど、そうではないと思う。

男性も女性も、若い方も年配の方も、焦がれるような、あるいは敬うような眼差しで彼を見ていたのだから。

けれど、フェリクス様は私に対して同じようなことを思ったようで、唇を歪めて皮肉気に言った。

「女性たちがどうかは知らないが、少なくとも紳士諸君が注目していた相手は君だよ」

そうは思わないけれど、と思いながら私は首を傾げる。

「そうだとしたら、それはあなたが目に見えて私を尊重してくれるからだわ。だからこそ、誰もが私に礼儀正しくしようとしてくれるのよ」

フェリクス様は否定するかのように首を横に振った。

「そうじゃない。君がどうしようもないほど美しいから、男性陣は君から視線を逸らせないんだよ」

「まあ、フェリクス様ったら」

時間をかけて着飾った私に対する誉め言葉としては満点ね、と笑みを浮かべたけれど、彼は笑い返してくれなかった。

冗談ではなかったのだろうか。

「10年間眠っている間に、君は痩せてしまった。私に言わせればもっとたくさん食べて、体力を回復してほしいところだが、我が国の基準では、君くらいの体形が最も魅力的だと見做されている。加えて、君が実年齢より12歳も若いことを皆は知らないから、皆の目に映るのは、いつまで経っても若く美しい奇跡のようなお妃様だ。憧憬の目で見つめるのは当然だ」

フェリクス様は心許ない様子で眉を下げた。

「だから、私は君が攫われないようにと、君の周りにくっついていたのだ」

「まあ、フェリクス様ったら」

今度こそ冗談だと思って、笑みを浮かべる。

けれど、彼は笑い返すことなく、困ったような表情を浮かべた。

「久しぶりに夜会に出たが、男性全員が洗練されていて魅力的に見えた。君が彼らのうちの誰かに魅かれるのじゃないかと心配なんだ」

そう言ったフェリクス様自身が、舞踏会ホールから漏れてくる光に照らされ、キラキラと輝いて素敵に見える。

多分、舞踏会に参加している男性の中で一番魅力的なのはフェリクス様だ。

そんな彼がずっと隣にいてくれるというのに、どうやったら他の男性に目移りすることができるのかしら。

そう考えた私は、無言で首を横に振ったのだった。

❁❁❁

結婚した当初から思っていたけれど、フェリクス様は自分の魅力に無頓着だ。

フェリクス様が幼い頃から目指してきたのは、両親や国民に認められる立派な王になることだったので、そのことだけに注力してきたのだろう。

だから、自分の外見が他人の目にどう映るのかということに、一切興味がないのだ。

それなのに、私の外見には着目して褒めてくれるのだから、特別のことのように思えて嬉しくなる。

「フェリクス様、先ほどは皆の前で私の白い髪を褒めてくれてありがとう。とても嬉しかったわ」

お礼を言った後、私だけが褒められるのは間違っているわよね、と正直に感じたことを口にする。

「私もあなたの髪色をとても美しいと思うわ。まるで虹の一部を切り取ったかのように、とっても綺麗だわ」

私の言葉を聞いたフェリクス様は驚いたように目を見張ると、照れた様子で髪を触った。

「ルピア、ありがとう。まさか君から褒め言葉が聞けるとは思っていなかったから嬉しいよ。虹の一部を切り取った、という表現はとても美しいね。君にそう言ってもらえたから、髪を伸ばした甲斐があったな。ハーラルトも同じ3色だが、あいつの髪は短いからね」

フェリクス様が少しだけ得意気な表情を浮かべたので、まあ、ハーラルトに張り合っているのかしらとおかしくなる。

最近、フェリクス様の感情がよく分かるようになった。

私の前で感情を隠さないようになったのかしら、と嬉しくなりながら、フェリクス様に言い忘れていた大事なことを思い出した。

「フェリクス様、あなたはとっても素敵よ。そんなあなたが私の隣にずっといてくれたから、今夜はとても誇らしかったわ」

それは舞踏会前にフェリクス様が発言した、『今日の舞踏会は私が君に見合う夫であるかどうかを示す場だ』という言葉に対する回答だ。

フェリクス様はそのことに気付いたようで、はっとした様子で動きを止めた。

それから、少しずつ表情を緩めると、嬉しそうな笑みを浮かべる。

「……それは私が一番ほしかった答えだ」

フェリクス様の表情から、彼が喜んでいることが分かり、私も嬉しくなって微笑んでいると、ギルベルト宰相がバルコニーの入り口から恐る恐るといった様子で顔を半分覗かせた。

「あの……ご歓談中誠に申し訳ありませんが、フェリクス王にお話があります。もし王妃陛下に許可をいただけるのでしたら、少しだけ王をお借りしてもよろしいでしょうか」

まあ、ギルベルト宰相ったらおかしなことを聞いてくるのね。

求めるのは私の許可でなく、フェリクス様の許可でしょうに。

フェリクス様を見上げると、彼は気遣わし気な表情で尋ねてきた。

「ルピア、一人でいるのが心細いようであれば、私がずっと一緒にいよう」

私の答え次第では、宰相の話を聞くことなく追い返してしまいそうだ。

ギルベルト宰相も同じように考えたようで、困った様子でフェリクス様を見つめている。

わざわざ宰相が呼びに来たということは、何か大事な話があるに違いないわと思った私は、フェリクス様に向かって微笑んだ。

「会場側の扉前に騎士たちがいてくれるから、私は大丈夫よ。もう少し風に当たったら、会場に戻るわ」

「そうか。では、少しだけ席を外させてもらう」

フェリクス様はじっと私を見つめた後、小さく頷いた。

フェリクス様は私の頬を撫でると、宰相とともにバルコニーを出て行った。

しばらくの間、満月に照らされた王宮の庭を眺めていると、バルコニーの入り口から音がしたので、フェリクス様が戻ってきたのかしらと振り返る。

けれど、そこに立っていたのはフェリクス様でなくハーラルトだった。

「ルピアお義姉様、ご一緒してもいい？」

「もちろんよ」

ハーラルトは優雅な動作で近寄ってくると、数歩手前で立ち止まり、柔らかな笑みを浮かべる。

その姿が10年前のフェリクス様を彷彿とさせたため、私はしみじみとハーラルトを眺めた。

「ハーラルトは本当に10年前のフェリクス様にそっくりね」

「お義姉様に見間違えてほしくて、何年もの間、そう装っていたからね」

「え？」

どういうことかしらと首を傾げると、ハーラルトはぐるりと目を回した。

「僕の予定では、お義姉様が目覚めた時、兄上とともに枕元にいるはずだったんだ。お義姉様はきっと、10年間も眠り続けたことに気付かずに、兄上ではなく僕のことを『フェリクス様！』と呼ぶと思ったんだよ」

「まあ」

おどけた様子のハーラルトを見る限り、冗談のつもりなのかしら。

確かに二人を間違えた可能性はあるけれど、どちらにせよすぐに勘違いに気付いたはずだ。

フェリクス様はフェリクス様だし、ハーラルトはハーラルトなのだから。

何と答えていいか分からずに見つめていると、ハーラルトはおかしそうに笑みを浮かべた。

「お義姉様が間違えてくれたら、『その通り、僕がルピアお義姉様の運命だよ！』って答えて、新たなラブロマンスが始まる予定だったのに」

ハーラルトは悪戯っぽい表情を浮かべたものの、その表情が少し強張っている気がして、心配に

なって手を伸ばす。

するとハーラルトはその手を摑んできたけれど、彼の手は目に見えて分かるほど震えていた。

「ハーラルト？」

大丈夫かしらと心配になって名前を呼ぶと、彼は表情を隠すかのように俯いた。

「ふふ、ふ、馬鹿げた冗談に聞こえるだろう？　……お義姉様が眠っている間、そんな馬鹿げたことをいくつもいくつも考えたよ。そんなことでもしていなきゃ、馬鹿みたいに長い時間を耐えることはできなかったからね。兄上は言わなかった？　10年は長いって。とてつもなく長い時間だよって、誰もあなたに言わなかったのかな」

その時初めて、私がこの10年間眠り続けたことについて、誰一人苦情を言わなかったことに気が付いた。

もしかしたらハーラルトのように、私が眠り続けることを寂しく思ってくれたかもしれないし、悲しく思ったかもしれないのに、誰も言葉に出して私に伝えることはなかったのだ……多分、私が心苦しく思わないようにと、私のことを思いやって。

フェリクス様はどんな思いで、私が眠っていた10年間を過ごしたのかしら。

そのことが気になりながら、ハーラルトの頭を撫でる。

ハーラルトは私の身長を超すくらい大きくなったというのに、なぜだか10年前に私に甘えていた小さい頃の姿が重なったからだ。

「……お義姉様、僕はもう小さな子どもではないよ」

そう言いながらもハーラルトは床に両膝をつくと、小さい頃の仕草そのままに、私の体に両腕を回してきた。

その縋りつくような仕草は、幼いハーラルトが寂しい時にするものだったので、彼の心の傷を見たような気持ちになって、制止することができずに好きにさせておく。

私はハーラルトに優しい声で話しかけた。

「あなたが子どもじゃないことは分かっているわ。ハーラルトはとっても立派になったもの」

「だったら、どうして小さな子どものように僕の頭を撫でるのさ」

その声音が、もっと撫でてほしいと言っているように聞こえたため、私のお腹のところにくっついているハーラルトの頭をゆっくり撫でる。

「……そうね、私は10年間眠っていて、あなたの頭を撫で損なってしまった期間があるから、それを取り戻したいのかもしれないわ」

私の言葉はハーラルトの予想と異なっていたようで、彼は強張っていた全身からふっと力を抜くと、私の体に両腕を回したまま甘えるような声を出した。

「お義姉様にはかなわないな。……お義姉様だけは、僕を甘やかす正当な理由があるんだもの。だから、僕が子どもみたいにみっともなくなるのは、全部お義姉様のせいだよ」

そう言ったハーラルトの声が泣いているように聞こえる。

ああ、ハーラルトの心は今、10年前に戻っているのだわ。

私が眠りについた時の彼は子どもだったから、突然、私を失った衝撃を受け止めることができなかったのかもしれない。

ハーラルトは私を義姉として慕ってくれていたから、傷付いたし悲しかったはずだ。

その傷はまだ癒えていなくて、時々、こうやって傷口がぱかりと開くのだろう。

「ハーラルト、ごめんなさいね」

小さなハーラルトに謝罪したその時、かちゃりと音がしてバルコニーの扉が開いた。

視線を向けると、公爵令嬢のブリアナが立っていた。

❁　❁　❁

バルコニーの床に跪き、私の体に手を回しているハーラルトと私を見たことで、あらぬ誤解をされるかもしれない。

誤解されないにしても、ハーラルトは弱っている姿を他の者に見られたくないだろう。

そう考え、この場を収める言葉を発しようとしたけれど、私が口を開くよりも早く、ブリアナ公爵令嬢が大きな声を上げた。

「まあ、大変失礼しました！　まさか逢引きの最中とは思いませんでしたので、お邪魔をしてしま

いましたわ」

ブリアナが慌てた様子で舞踏会会場に戻ろうとしたので、ハーラルトは素早く立ち上がるとブリアナのもとに行き、彼女の進行方向を塞ぐ形で扉を閉めた。

「ブリアナ嬢、君は恐ろしく不用意な発言をするね。みっともない話だが、僕は体調不良で立っていられなかったんだ。王妃陛下はそんな僕を心配してくれたのだよ」

「……さようですか」

ブリアナは頷いたけれど、私たちをちらちらと見る視線から、ハーラルトの言葉を信じていない様子が見て取れた。

けれど、ハーラルトはブリアナが心の中でどう考えていようとも気にならないようで、彼女が発した言葉に対して返事をする。

「ああ、そうだ。まさか公爵令嬢ともあろう者が、根拠のない噂話に花を咲かせるとは思わないが、念のための忠告だ。君は今ある高位貴族の立場を理解し、責任ある対応をしてくれ」

ハーラルトがこの場で見たことを他言しないよう釘をさすと、ブリアナは理解した様子で頷いた。

「何事にも公表する時期というものがございます。王太弟殿下のご計画を邪魔しようとは思いませんわ」

「ブリアナ嬢！」

ハーラルトは強い調子で名前を呼ぶと、苛立たし気に言葉を続けた。

「王妃陛下に関して、僕に個人的な計画など一切ない。君の勝手な妄想で話を進めるのはやめてくれないか」

「……大変失礼いたしました」

ブリアナの返事を聞いたハーラルトは、彼女とそれ以上話をする気がなくなったようで、片手を振って退出を促した。

ブリアナがバルコニーから出ていくと、ハーラルトは腹立たし気な声を漏らす。

「典型的な高位貴族のご令嬢だな！　出入りを制限されていたバルコニーに勝手に侵入してきたばかりか、見たものに自分勝手な解釈を加え、己の望む方向に話を進めようとするのだから」

ハーラルトは乱暴にどんとバルコニーの手すりを叩いた。

「普段は礼儀正しい姿を見せていたとしても、咄嗟の場合に本性が出るものだ。彼女は自分の欲しいものを手に入れるため、僕をお義姉様にあてがおうとしているんだ」

常にない彼の荒っぽい言動を見て、私はおずおずと口を開く。

「……ハーラルト、私は大丈夫よ」

優しいハーラルトは私のために怒っているように思われたからだ。

彼はちらりと私を見ると、苛立たし気に自分の指を噛んだ。

「ブリアナ嬢は自分が見たいように一方的に解釈したが、問題なのは願望混じりの彼女の発言が、概ね当たっていることだ。はあ、僕の立ち位置は難しいな。ルピアお義姉様に恋を囁こうとすると大変なスキャンダルになるけれど、お義姉様の義弟として礼儀正しい態度を取り続けるのも辛いから」

「ハーラルト？」

一体ハーラルトは何を言おうとしているのかしら、とじっと見上げると、彼は唇を歪め皮肉気に言った。

「時々、幼い頃の気持ちが顔を出すこともあるけれど、今の僕は16歳だよ」

もちろんそのことは分かっている。私が10年眠っていた間に、ハーラルトは幼い少年から立派な青年へと成長したのだから。

どうやら子ども扱いすべきではなかったみたいね、と反省していると、ハーラルトは私の片手を取り、困ったように見つめてきた。

「ルピアお義姉様、あなたが僕を甘やかしてくれるのは嬉しい。僕は時々、小さな子どもに戻ってあなたに甘えたくなるからね。でも、やっぱり僕は16歳だ。そして、16歳の僕はあなたが好きなんだ」

「ハーラルト？」

突然の告白に、私はびっくりして目を丸くする。

思ってもみないことを言われ、頭の中が混乱したのだ。

ハーラルトは一体どういう意味で発言したのかしら。

小さな弟として？　家族として？　それとも、……恋する相手として言ったのだろうか？

ハーラルトは見上げるほどに大きくなったけれど、幼い頃の彼と接する時間が長かったため、どうしても私の小さな義弟という意識が抜けてくれない。

だから、家族としての言葉かしら、と自分に都合のいい解釈をしそうになったけれど、ハーラルトはそうではないと首を横に振った。

「家族なのにこんなことを言ってごめんね。でも、言わせてほしい。ルピア、僕はあなたを義姉としてではなく、家族としてでもなく、異性として好きなんだ。とても、とても」

それはとってもシンプルで、だからこそ間違いようのない言葉だった。

衝撃で言葉を発せずにいると、ハーラルトは申し訳なさそうに顔を歪めた。

「ルピアお義姉様を不利な立場に立たせることは、僕が最も望まないことだ。だから、人目がある場所では自重するけど、家族や使用人しかいない場所では、少しだけ僕の気持ちを出すことを許してくれる？」

「ハーラルト……」

熱に浮かされたようなハーラルトを見て、彼は色々なことを忘れているようねと、冷静に言い聞かせる。

「私はフェリクス様の妃なのよ。それから、あなたも知っている通り妊娠しているわ」

私の言葉を聞いたハーラルトは正気を取り戻すかと思ったのに、表情を変えないまま頷いた。

「うん、分かっている。お義姉様が兄上を愛していて、幸せならば、僕だってこんな気持ちにならなかったかもしれない。でも、そうじゃないでしょう。結婚は解消できるし、僕は子どもの父親になれるよ」

「ハ、ハーラルト……」

想定もしていないことを言われ、頭が真っ白になっていると、ハーラルトはぎゅっと背中に回した手を組んだ。

その動作は、私に触れないし、無体なことをしないというハーラルトの意思表示に思えた。

「急かすつもりはないよ。お義姉様はまだ、新たな恋をする準備ができていないことは分かっているから。でもね、きっとお義姉様はいずれ、新しい恋をすると思うんだ。だから、僕にもチャンスをちょうだい」

「チャンス？」

おうむ返しに問い返すと、ハーラルトはきらりと目を輝かせた。

「お義姉様は気付いていないようだけど、兄上は本当に魅力的なんだよ。そして、その魅力を出し惜しみすることなく、全力でお義姉様にアプローチしている。このまま黙って見ていたら、お義姉様はもう一度、兄上に恋をするのじゃないかな」

「…………」

返事ができない私に向かって、ハーラルトはきっぱりと言い切った。

「だから、僕にもチャンスをくれないか。兄上以外の選択肢として、僕を考えてほしいんだ」

何度同じことを言われても拒絶しようと考えていたにもかかわらず、ハーラルトの真剣さが伝わってきたため、咄嗟に言い返すことができずに困って彼を見上げる。

そんなハーラルトに月光が降り注ぎ、顔の半分が影になっていた。

夜のバルコニーという普段にない状況も相まって、ハーラルトを普段よりも大人の男性に見せている。

あるいは、知らない男性に。

……こんなハーラルトは知らないわ。

そのことが私を落ち着かない気分にさせる。

私は何も答えることができず、ただ無言でハーラルトを見上げていたのだった。

32・新たな虹の乙女　1

王宮舞踏会の翌日、クリスタが私の部屋に遊びに来てくれた。

クリスタは色々と聞きたいことがあったようで、ソファに腰を下ろすやいなや、矢継ぎ早に質問を始める。

その勢いにびっくりしながらも、正直に一つ一つ答えていると、クリスタは考えるかのように動作を止めた。

「ブリアナ・バルバーニー公爵令嬢？」

「ええ、その、……クリスタ、今から話すことはハーラルトの名誉のために他言しちゃダメよ。昨日、ハーラルトは甘えたい気分になったようで、私のお腹に抱き着いていたの。その場面を、ブリアナ嬢に見られたのよ」

クリスタは苦虫を噛み潰したような表情を浮かべた。

「一体どうやったらハーラルトはそんなへまをするのかしら？　舞踏会ホールでそんな事態になったら、参加者が大騒ぎするはずよね。ということは、その事案が起こったのはホールでなく、個室かバルコニーかしら。それにしても、王族が使用しているのだから、他の者が侵入しないように入り口は固めてあるはずだけど」

「正解よ、クリスタ。バルコニーだわ」

相変わらず恐ろしい推理能力だわ、と思いながら答えると、クリスタは考えるかのように片手を顎に当てた。

「バルコニーの入り口には近衛騎士が詰めていたはずよ。でも、そうね、近衛騎士の中にはバルバーニー公爵家の出身者が何人かいるはずだから、たまたま彼らが警備をしていたのだとしたら、本家の令嬢には逆らえないでしょうね」

クリスタは自分で答えを導き出したようで、納得した様子で頷く。

「ふうん、私の方がブリアナ嬢より身分が上だから、礼儀正しく接せられたことしかなかったけれど、意外と強引なのね。それで、彼女は何て言ったのかしら？　……実のところ、朝からハーラルトの侍従が尋ねてきたのよ。昨晩からハーラルトが挙動不審だけど、原因を知りませんかって」

「ハーラルトが挙動不審……」

思い当たることがあったため思わず繰り返すと、クリスタはあら、といった様子で手を止めた。

どうやら赤らんだ顔に気付かれたようだ。

「まあ、お義姉様に聞けば話が早かったみたいね！　ということはつまり、お義姉様とハーラルトの愁嘆場を見たブリアナ嬢が大騒ぎをしたから、ハーラルトは動揺しているのかしら？」

クリスタは何てことを言うのかしら、とびっくりして訂正する。

「クリスタ、愁嘆場ではなかったわ。ただ、ブリアナ嬢が誤解をしているのは間違いないわね。『まさか逢引きの最中とは思いませんでした』とか、『何事にも公表する時期というものがございます。王太弟殿下のご計画を邪魔しようとは思いませんわ』と口にしていたから」

クリスタはおやおやといった様子で片方の眉を上げた。

「ブリアナ嬢って、言う時は言うのね。欲しいものは自ら摑み取るタイプなのかしら」

「クリスタ？」

クリスタの雰囲気が普段と異なっているように思われたので、名前を呼ぶと、彼女は何でもないと首を横に振る。

「ブリアナ嬢は私が思っていたような可愛らしいだけの人物ではないみたいね。でも、それくらいでハーラルトが挙動不審に陥ることはないはずだわ。お義姉様、その後に一体何があったの？」

まあ、クリスタは鋭過ぎるわね。

でも、これ以上はいくらクリスタでも言えないわ。

「えっ、ええと……私がハーラルトのことをこれ以上しゃべってはいけないと思うの」

クリスタは歯切れの悪い私の言葉を聞いて何かに勘付いたようで、考えるかのように目を細めた。

「私はそう思わないわ。たとえばハーラルトが立場を弁えずにお義姉様に告白したのだとしたら、それは王家のスキャンダルだから、私は王家の一員として把握しておかなければならないし、ハーラルトの姉として彼に苦言を呈さなければならないもの」

私はびくりと体を跳ねさせると、慌ててクリスタを止めようとする。

「クリスタ、ハーラルトを叱るのはやめてちょうだい。昨夜は10年前の小さなハーラルトが何度も顔を覗かせていたの。もちろん今のハーラルトは立派な青年だけど、突然、私が10年間も眠ってしまったから、感情を整理できていない部分があるみたい」

ハーラルトの現状を理解してほしくて丁寧に説明すると、クリスタは分かったわと頷いた。

「つまり、ハーラルトはお義姉様の姉心を揺さぶりながら、上手く告白したってことね」

「……クリスタ」

どうしてクリスタはこんなに鋭いのかしら。

私は全力で隠そうとしているのに、真実を言い当てられてしまったわ。

眉尻を下げてクリスタを見つめると、彼女はぐっと握りこぶしを作ってみせた。

「フェリクスお兄様がいる以上、ハーラルトが参戦してきたら、お義姉様の手に余るんじゃないかしら。ここは私に相談して、一緒に作戦を練るべきよ」

「そ、そうなのかしら」

確かに私は恋愛問題を上手に解決できるタイプではないから、手に余るかもしれないわね。

「ええ、お姉様は私と一緒に恋の作戦を練るべきよ。それで、ハーラルトは何と言ってきたの？」

私の答え方が悪かったのか、今やクリスタはハーラルトが私に告白したと確信しているみたいね。

こうなったらもう、正直に答えるしかないのかしら。ハーラルト、ごめんなさいね。

「クリスタ、この話こそ絶対に他言してはダメよ。ハーラルトはまさか他の人に知られるとは思ってもいないだろうから、誰かに知られたら、彼のプライドを傷つけることになるわ。だから、これから聞く話は胸の中にしまっていてちょうだい」

「ええ、分かったわ」

私は怖い顔で他言無用と念を押した後、昨夜の会話を思い出しながら口を開いた。

「ハーラルトが言ったのは、『お義姉様はいずれ、新しい恋をすると思うんだ。だから、僕にもチャンスをちょうだい。兄上以外の選択肢として、僕を考えてほしいんだ』ってことよ」

「まあ、我が弟ながらいいところを突いてくるわね」

クリスタは褒めるかのようにそう言うと、にこりと微笑んだ。

「贔屓目なしに見て、ハーラルトは優良物件よ。大国の王太弟だし、思いやりがあるし、素直だし、好青年だわ。とってもいいと思うわよ」

突然始まったハーラルトの売り込みに目をぱちくりしていると、クリスタは私をじっと見つめてきた。

それから、困った様子で苦笑する。

「ただ、……女性たちの多くが惹かれるのは、いつだってフェリクスお兄様なのよね」

「そうなの？」

これまでのクリスタはフェリクス様への不満を口にすることばかりだったので、彼を評価する言葉が出たことにびっくりする。

するとクリスタは諦めた様子で肩を竦めた。

「人は手に入らないものが魅力的に見えるようにできているんじゃないかしら。お兄様は近寄りがたいし、実際に女性を全然寄せ付けないから、そんな相手の特別な存在になりたいと思うのかもしれないわ」

クリスタの言うことには一理あるわね、と思いながら頷く。

「一般的に見て、お兄様の外見がものすごくいいことは否定できないわ。今や大国の王だし、その政治的手腕は文句の付けようがないのも確かね。理不尽に誰かを罰することもないし、公正で公平だから国民の支持も厚いわ。社交から遠ざかっていたことを除けば、大きな欠点は見当たらないのかもしれないわね」

クリスタは冷静に分析すると、長い指で顎を摑む。

「それから、国王という絶対的な権力が、無条件に女性たちを引き付けるのでしょうね。お兄様は権力を乱用することはないけれど、使いどころを分かっているから、必要な時には権力を行使することを躊躇わないわ。そんな姿が、ご令嬢たちにはゾクゾクくるんじゃないかしら」

そうね、ナンバー1というのは特別だから、多くの者が惹かれるのも分かる気がするわ。

「だから、多くのご令嬢たちは皆、お兄様に恋をするわ。そういう意味では当然だと思って気にしていなかったけど、多分、ブリアナ嬢もその一人じゃないかしら。あからさまではないから想像でしかないけど、いつだって熱心にお兄様を見つめているもの。だから、お義姉様がハーラルトと恋仲になるよう画策してくるかもしれないわ」

クリスタの話は納得できるものだったので頷いていると、彼女は顔をしかめた。

「ううーん、何かあった場合、非常に面倒なことになりそうね。事前に手を打っておきたいところだけれど、彼女を完全にお兄様から引き離すのは難しいのよね」

どういうことかしらと首を傾げる私に向かって、クリスタはため息をつくと、言いにくそうに口を開いた。

「ブリアナ嬢は『虹の乙女』なの」

◇◇◇

「ブリアナ嬢が『虹の乙女』……」

言われてみれば、確かに納得できる話だった。

ブリアナは赤色と緑色の2色の虹色髪をしているため、『虹の乙女』に選ばれることに何の不思議もなかったからだ。

10年前、3色の虹色髪はフェリクス様とハーラルトとアナイスの三人しかいなかった。

現在、アナイスは『虹の乙女』として各地を回っているから、王都ではブリアナが『虹の乙女』としての務めを果たしているのだろう。

私はふと、昨夜の王宮舞踏会でブリアナがフェリクス様に発していた言葉を思い出す。

『今夜の王宮舞踏会に際して、王から特別に、必ず参加するようにとのお言葉を賜りましたことを非常に光栄に思っております。たとえ足が折れたとしても、槍が降ってきたとしても、必ず参加するつもりでしたわ』

その言葉を聞いた時は、ブリアナは虹色髪を持っているので、フェリクス様が特別に参加を要請することに不思議はないと思ったけれど、実際にはもっと大きな役割があったのかもしれない。

『虹の乙女』であるのならば、様々な公式行事にも参加するだろうし、それは王宮舞踏会であっても例外ではないだろうから。

「ブリアナ嬢はこの国にとって、とても大切な存在なのね」

頷きながらそう返すと、クリスタは肩を竦めた。

「たまたま珍しい髪色を持って生まれてきた、というだけじゃないかしら。それよりもバド様の卵を持って生まれてきたお義姉様の方が、よっぽど大切な存在だと思うわよ」

どうしてここでバドの話が出てきたのかしら、と不思議に思いながらも、バドがすごいことに同意する。

「確かにバドは色々なことができる、立派で素敵な聖獣よ。でも、私が魔女であることは秘密だか

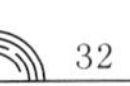

ら、バドのことも大っぴらには言えないの」

　私の言葉を聞いたクリスタは、考える様子で質問してきた。

「……お義姉様はバド様のことをどのくらい知っているの？　その、聖獣であることについて」

「聖獣であるバドについて？　そうね、私と一緒に生まれてきたことと、お城を持っていること、時々お城に戻ってお仕事をしていることくらいかしら」

　指を折って数えながら答えると、クリスタはさらに質問を重ねてくる。

「バド様とこの国のかかわりについては、何か知っているかしら？」

　クリスタはどうして突然、バドについて知りたくなったのかしら。

　興味を持ってくれるのは嬉しいけど、バドとこの国のかかわりはほとんどないんじゃないかしら。

「バドは私が結婚した際に、初めてこの地に来たの。だから、バドがこの国と関係を持ったのはその時からだわ。あの子は限られた者の前にしか姿を現さないから、この国の方とのかかわりはフェリクス様やクリスタ、ハーラルトとミレナくらいじゃないかしら」

　クリスタは少し考えた後、何かを思いついたらしく、ぱちりと両手を打ち鳴らした。

「お義姉様は舞踏会に参加できるほどお元気になったから、そろそろ市井を回ってみるのはどうかしら。手始めに、大聖堂を訪れるといいと思うの」

「クリスタの言う通りね」

　この国は皆、『虹の女神』を信仰している。

女神が奉られている場所だから、大聖堂を訪問することはこの国を理解する助けになるだろう。

同意を込めて頷くと、クリスタはふっと表情を緩めた。

「お義姉様がやりたいことを止めはしないけど、できるならずっとこの国にいてほしいわ。だから、もしかしたら大聖堂で何かを見つけて、この地との縁が深いことを知ってもらえるかもしれない、と期待しているの」

「縁？」

何のことを言っているのかしらと首を傾げたけれど、クリスタは説明できないと首を横に振る。

「ふと思い出したことがあって、もしかしたらそのこととバド様は関連があるのかもしれないと思ったの。ただ、お義姉様は知らないみたいだから、実際には関係ないのかもしれない。私にも分からないことだから説明できないわ。いずれにせよ、大聖堂に行けば分かるはずよ」

クリスタはそう言うと、まっすぐ私を見つめてきた。

「お義姉様がこの国に残ってくれるのならば、それがフェリクスお兄様の隣でも、ハーラルトの隣でも、私は構わないわ」

「クリスタ」

私は困った気持ちで、彼女の名前を呼んだ。

「私はフェリクス様の妃だし、妊娠しているのよ。ハーラルトはあなたが言ったようにとっても立派で、若くて未来があるから、とても私に縛り付けることはできないわ。初めからハーラルトという選択肢はないの」

昨夜は私も動揺していて、ハーラルト本人に向かってきっぱり拒絶することができなかった。

でも、冷静になって考えたら、ハーラルトが私と一緒になるのはとんでもないことだ、という思いが強くなる。

私の決意の表情を見たクリスタは、困ったわとばかりにため息をついた。

「お義姉様は生真面目なのよね。でも、各国の王家の歴史を学んでいるはずだから、私の提案がおかしなことではないと分かっているはずよ。父王の妻を娶った新王の話や、兄王の妻を娶った弟王子の話なんて珍しくもないもの」

その通りだけど、この場合はそうじゃないわ。

「相手を知らない、歴史書の中で読む話であれば受け入れることもできるけど、ハーラルトのように実在の相手を前にしたら、とてもそんな話は受け入れられないわ」

「ハーラルトが望んでいるとしても？　相手が初婚であれば、ハーラルトは幸せになれるのかしら？」

痛いところを突かれ、返事ができないでいると、クリスタが優しい声を出した。

「お義姉様は特殊なケースなのよ。10年間眠っていた間に感情がリセットされたし、その原因はお兄様にあるから、嫌だというのであれば結婚の継続を強制できないわ。周りの者たちはそれぞれ思惑があるだろうけれど、そんなの知ったことではないし」

「クリスタ」

それはあんまりじゃないかしら、と困って名前を呼ぶと、クリスタは悪戯っぽい表情を浮かべた。

「うふふ、だって、皆が違うことを望んでいるから、全員を満足させる結論は存在しないもの。でもね、お義姉様が出した結論であれば、全員が納得するはずよ。だから、お義姉様が好きなようにやることが、この問題を解決する唯一の方法なのよ」

クリスタの言葉を聞いて、気付いたことがある。

目覚めて以降、誰も私に何かを強要することはなかったし、私の好きなようにさせてくれているのだわ、と。

まあ、何て優しい国で、優しい人たちなのかしら、と改めてスターリング王国の素晴らしさに感謝していると、クリスタが言葉を続けた。

「お義姉様は次に選んだ相手と、今度こそ生涯一緒に暮らすだろうから、本当に好きな相手を選ぶべきよ。そもそも魔女はその能力を発揮するために、好きなお相手と結婚しなければならないのでしょう？」

「それは」

その通りだわ。

言葉に詰まる私に向かって、クリスタはきっぱりと言い切る。

「お義姉様はずっと、お兄様と別れるか、それともやり直すか、という二択で考えているわよね。

そうではなくて、誰を選ぶのかと考えてちょうだい」

「クリスタ」

どこまでも私のことを思ってくれるクリスタにじんとしていると、彼女はおどけた様子で言葉を続けた。

「これは私のためでもあるのよ。ディアブロ王国に戻った後に、母国の者を選ばれてしまったら、お義姉様はもう二度とこの国に来てくれないでしょうからね」

クリスタは本当に優しいわ。実際には、私のことを考えての言葉でしょうに、私が気にしないようにと優しい我儘を追加してくれたのだから。

嬉しさで胸が詰まり、言葉を発せないでいると、クリスタがぎゅっと手を握ってきた。

「ハーラルトは若いから、無茶なことを言い出すかもしれないけど、結局、あの子は王子様なのよ。骨の髄まで紳士だから、女性が本気で嫌だと言ったら、おかしなことはしないはずよ。だから、嫌なことは嫌だと言ってちょうだいね！」

どこまでも私のためにアドバイスしてくれるクリスタに、目がうるうるとしてくる。

そんな私に向かって、クリスタは顔をしかめた。

「問題はお兄様なのだけど、こちらは私にも読めないわ。私より頭がいいし、お義姉様のこととなると常識を捨てるから、行動が不規則過ぎて予測できないのよね。ただ、お兄様はお義姉様至上主義だから、お義姉様の嫌がることはしないはずよ。それだけが救いだわ」

確かにフェリクス様は無理を言ってくるような方ではないわ。

納得して頷いていると、クリスタが考えるかのように頰に手を当てた。

「お義姉様がおっしゃった通り、今はお兄様と結婚している状態でしょ。だから、ハーラルトを選んだら、周りから色々と言われるかもしれないけど、最終的には上手く片が付くはずよ。我が国には優秀なブレインがいるから」

「クリスタ？」

一体何を企んでいるのかしら、と訝し気に彼女を見つめる。

すると、クリスタはにっこり笑って、信頼する兄と宰相への丸投げ案を披露した。

「お兄様と腹黒宰相は情報操作がお得意でしょ。あの二人はお義姉様が悪く言われることに我慢ならないから、お義姉様が選び取った結果に合わせて、上手に貴族や国民の感情をコントロールしてくれるはずよ」

まあ、何てことかしら。

私を好きだと言ってくれたフェリクス様が、私とハーラルトの未来のために情報操作をしなければならないとしたら、ものすごく辛いはずだ。

そんなことはさせられないわ。

そう考えた気持ちが届いたわけでもないだろうけれど、その時、ノックの音とともにフェリクス様が私の部屋を訪れた。

「お邪魔するよ、ルピア」

33・フェリクスVSハーラルト

「クリスタと茶会をしていたのか？　とは言っても、クリスタはもう十分食べたし、飲んだようだな」

フェリクス様はクリスタの前に置かれた空っぽになったお皿とカップを見て、にこやかに結論付けた。

一方のクリスタはフェリクス様の言葉に不満があるようで、冷ややかな眼差しで兄を睨みつける。

「お兄様、言外に出ていけと言いたいのでしょうけど、表現があからさま過ぎるわ。たった一人の妹を邪険にして心が痛まないのかしら」

クリスタの険のある言葉を気にすることなく、フェリクス様は笑顔のまま答える。

「私が追い出すまでもなく、心優しい妹ならば自ら部屋を出ていくはずさ。私が妃と二人きりになりたがっていることは、火を見るよりも明らかだからな」

「フェリクス様……」

あまりにはっきりとクリスタを邪魔者扱いしているわ、と諫めるように名前を呼んだ後、私はクリスタに向き直った。

「クリスタ、フェリクス様はああ言っているけれど気にしないでね。私はまだあなたと……」

「ありがとう、お義姉様。嬉しいけれどその先は言わないで。私がお兄様に逆恨みされるだけだから。どちらにしろ、女性だけのお茶会に男性が闖入してきた時点で、内緒話をする時間はおしまいよ」

クリスタは素早く立ち上がると、にこりと笑みを浮かべて扉口に向かった。

けれど、フェリクス様とすれ違いざま、兄に小声で呪いをかける。

「『つまらない男ね！』と愛しの妻に思われますように!!」

「クリスタ！」

衝撃を受けた様子で妹を見つめるフェリクス様に向かって、クリスタは澄ました表情を浮かべた。

「ごきげんよう、お兄様、お義姉様」

まあ、さすがクリスタね。兄への対応を完璧に心得ているわ。

そう感心する私とは対照的に、フェリクス様は苦虫を嚙み潰したような表情で去っていくクリスタを見つめたけれど、扉が閉まると同時に私の隣の椅子に座ってきた。

「ルピア、体調はどうかな？」

「ええ、おかげさまでとっても元気よ」

昨夜は遅くまで舞踏会に出ていた分、今朝はゆっくり起きたのだ。

甘やかしてもらっているわ、と笑みを浮かべると、フェリクス様は安心したように微笑んだ後、ふっと緊張した表情を浮かべた。

それから、意を決したように尋ねてくる。

「ルピア、昨夜、バルコニーで何があったのか聞いてもいいかな？　舞踏会から戻ってきた君は、普段と違って落ち着かない様子だったから、何かあったのではないかと気になっていたんだ。今しがた、舞踏会で護衛に付いていた騎士から報告を受けた。ハーラルトとブリアナ嬢が、君がいたバルコニーに入っていったそうだね」

「あっ」

そうだわ。舞踏会会場側の扉前には、近衛騎士が控えていたのだ。

もちろん騎士たちはバルコニーに入っていった人物を把握していただろうし、主君であるフェリクス様から尋ねられれば正直に答えるはずだ。

――――昨夜、舞踏会から戻ってきた私は挙動不審だったようで、フェリクス様に何かあったのかと心配された。

ハーラルトから告白された、と正直に言うことははばかられたので、『久しぶりの舞踏会で興奮したみたい』と誤魔化したけれど、フェリクス様は納得していない様子だった。

けれど、それ以上追及してこなかったので、ほっと安心する一方、フェリクス様に隠し事をしているようで落ち着かない気持ちでいたのだ。

これ以上こんな気持ちではいられないわ、と正直に話をすることを決めると、私はフェリクス様に謝罪した。

「フェリクス様、ごめんなさい。昨夜の私は正直じゃなかったわ。私のことではない話だから、勝手にしゃべってはいけないと考えて、誤魔化してしまったの」

フェリクス様は緊張した様子で私の手を握ってきた。

「……君はハーラルトを庇ったのか？　弟が何か、君が動揺するようなことを言ったのだろうか？」

フェリクス様の真剣な表情に気を取られ、一瞬、言葉を失ってしまう。

けれど、今度こそきちんと説明をしなければならないわ、と口を開きかけたその時、ノックの音とともに扉が開いた。

邪魔をされた形になったフェリクス様は、眉根を寄せたままの顔を扉に向けたけれど、そこにいたのがハーラルトだと気付くと、さらに顔をしかめる。

それから、苛立たし気な声を上げた。

「ハーラルト、夫婦で語らっているのが見えないのか？　邪魔をするな！」

フェリクス様の口調はいつになく強いものだったけれど、ハーラルトは気にする様子もなく、笑顔で近付いてくる。

「ごめんね。僕も急いでいるから、ちょっとだけいいかな？」

ハーラルトはそう言うと、片手に持っていた紫の花を私に向かって差し出してきた。

「世にも美しい紫の瞳を持つお義姉様にプレゼントだよ」

ハーラルトの手の中にある繊細で美しい花を見た途端、私は驚きで目を丸くする。

なぜならそれは、レストレア山脈にしか咲かないシーアの花だったからだ。

以前、フェリクス様が私の瞳の色と全く同じだと言ってくれた、この国を象徴する稀なる花だ。

「まあ、これはシーアの花じゃないの。レストレア山脈の積雪部分にしか咲かないはずよね」

ハーラルトから受け取ったシーアを間近で見つめると、瑞々しい花びらの上に朝露が残っていた。

思わず微笑んだ私を見て、ハーラルトが得意気に説明を始める。

「その通り！　さらにシーアは採取後一日ももたずに、すぐに枯れてしまう繊細な花でもある。だから、一刻も早くあなたに渡したくて、下山後、一番にお義姉様の部屋に来たんだよ」

「えっ、まさかハーラルトがレストレア山脈に登ったの？」

彼の部下が山脈に登って摘んできたものだと思っていたので、驚いて質問する。

私の驚愕した顔を見たハーラルトは、楽しそうに微笑んだ。

「ふふ、お義姉様に捧げる花だから、自分で摘んだに決まっている」

ハーラルトはそう言うと体を屈め、私の瞳とシーアの花を交互に見比べた。

「間近で見ると本当に、この花とお義姉様の瞳は同じ色をしているね。国花と同じ瞳を持っているのだから、お義姉様はこの国にぴったりの女性だ」

「ありがとう。とっても嬉しいけれど、レストレア山脈に登るなんて無茶し過ぎじゃないかしら」

思わず心配する言葉をかけると、ハーラルトはぱちりとウィンクした。

「無茶をするのは若者の特権さ。それに、ちっとも危ないことはなかったよ。問題があったとしたら、ほら、手袋をしていたのに、こんなに手が冷たくなったことくらいだ」

ハーラルトはそう言うと、冷たくなった両手で私の頬を挟んだ。

その行為はフェリクス様には受け入れられなかったようで、ばしりと弟の腕を叩き落とす。

「ハーラルト、手が冷えたのならば風呂に入れ！　ルピアはお前の手袋ではない」

「そんなのは分かっているよ」

ハーラルトが口を尖らせて答えると、フェリクス様は叱るような声を出した。

「お前は自分の立場が分かっているのか？　王太弟ともあろう者が、自ら危険な山に踏み入ってどうする！」

フェリクス様の声は初めて聞くような怖いものだったけれど、ハーラルトは恐れるでもなく、ひょいっと肩を竦める。

「さて、至尊なるこの国の王様も、今の僕と同じ年齢の時に、同じことをしたって聞いたけど」

「…………」

ハーラルトの言う通りだったので、フェリクス様は反論できずに黙り込む。

結婚した当初、16歳のフェリクス様も私を喜ばせようと自らレストレア山脈に登り、シーアの花を摘んできてくれたのだ。

　黙り込んだまま睨みつける兄の視線を感じているだろうに、ハーラルトはそ知らぬ表情で爆弾を落とした。

「それに、求愛した翌日にとびっきりの花を贈るのは紳士の嗜みじゃないか。僕はこの国の伝統通りに行動しただけだ」

　フェリクス様はびくりと体を跳ねさせると、地を這うような低い声を響かせる。

「どういう意味だ？」

　対するハーラルトは、ピリピリした空気に場違いなほどの明るい声を出した。

「あれ、ルピアお義姉様から聞いていない？」

「ハーラルト……」

　フェリクス様の怒りが肌で感じ取れるほどだったため、もうやめてほしいと義弟の名前を呼んだけれど、ハーラルトはわざとなのか、気付いていないのか、一人で話を進める。

「ああ、お義姉様のことだから、もしかして僕の許可なく話してはいけないと思って黙っていたのかな。誰に対しても隠し立てすることない純粋な想いだから、言ってくれてもよかったのに。だが、そうだね。兄上には僕の口から言うべきだったから、ちょうどいいかもしれないな」

　ハーラルトはフェリクス様に顔を向けると、不必要なほど柔和な笑みを見せた。

「昨晩、僕はルピアに告白した。彼女が受け入れてくるなら、お腹にいる子どもごと引き受けるつもりだ」

＊ ＊ ＊

「ルピアは私の妃だ！　ハーラルト、兄の妻は恋をする相手ではない!!」

フェリクス様は間髪をいれずに激しい調子で言い返した。

ハーラルトは何か言おうとしたけれど、それより早くフェリクス様が大股で距離を詰めると、ハーラルトを覗き込むような体勢で言葉を続ける。

「いいか、お前はルピアに家族として接するのだ」

フェリクス様は恐ろしい口調でそう言うと、私のもとまで戻ってきて、軽々と抱き上げた。

「フェ、フェリクス様？」

突然どうしたのかしらと思っていると、フェリクス様はもう一度ハーラルトを見やる。

「先ほどまでルピアはクリスタと茶会をしていた。その後、私が来て、お前が来たのだ。そろそろ休ませないと、彼女の体がもたない」

私を抱き上げた理由をわざわざ説明するフェリクス様を見て、冷静だしハーラルトをちゃんと尊重しているわ、と安心する。

続けて、フェリクス様は部屋の隅に控えていたミレナを呼んだ。

「ミレナ、シーアの花は花瓶に挿して、寝室に持ってきてくれ」

ハーラルトはフェリクス様が指示を出している間に近付いてくると、申し訳なさそうな表情で私を見つめた。

「無理をさせてごめんね。自分の感情に浮かれていて、ルピアお義姉様が疲れていることに気付かなかったんだ。また来るよ」

私が頷くと同時にフェリクス様が歩き出し、私の寝室に向かう。

ミレナが素早く近寄ってきて、寝室の扉の開閉を手伝ってくれた。

バタンと音を立てて扉が閉まると、ひんやりとした寝室にフェリクス様と二人きりになる。

フェリクス様は丁寧な手付きで私をベッドに下ろすと、ブランケットをきっちりかけてから、私の額に手を伸ばした。

「……少し熱が出てきたようだな」

そう言われて初めて、体がぽかぽかしていることに気付く。

「ルピア、すまない。無理をさせ過ぎた」

フェリクス様は謝罪したけれど、私が自分の体力と体調を顧みずに皆と話をしたのだ。

フェリクス様に悪い点は一つもなく、むしろ私自身ですら気付かなかった体調の悪化に気付いてくれたのだから感謝すべきだろう。

「とんでもないわ。私自身も気付かなかったのに、よく発熱したことに気付いたわね」

「いや、発熱する前に気付くべきだった」

フェリクス様は大真面目な顔でそう言うと、私の頭をゆっくり撫でた。

普段はフェリクス様の体温の方が高いけれど、私が発熱しているからか、彼の手を冷たくて気持ちいいと感じる。

黙って撫でられていると、ミレナが入室してきて、ベッドの横にあるサイドテーブルに花瓶を置いてくれた。

「後は私がルピアを看る」とフェリクス様が言ったので、ミレナは退室していったけれど、フェリクス様はその間もずっと私の頭を撫でていた。

気恥ずかしくなって視線を逸らすと、ミレナが持ってきてくれた花瓶が目に入る。

そのままぼんやりとシーアの花を眺めていると、フェリクス様がぽつりと呟いた。

「美しい花だ。君によく似合う」

その声が普段と異なる気がして視線をやると、フェリクス様は気落ちした様子で私を見つめていた。

なぜだか分からないけれど、彼自身も自らシーアの花を摘んでくるべきだったと考えているように感じてしまう。

そして、それができないことを申し訳なく思っているようにも。

そんな必要は全くなかったので、思わず彼を慰める言葉が口を衝いて出た。

「フェリクス様も16歳の時、私にシーアの花を採ってきてくれたわ。あの花も同じくらい美しかった」

「ああ。だが、ハーラルトからあれほどはっきり挑発されたのだから、私ももう一度レストレア山脈に登り、自らシーアの花を採取して君に贈るべきだろう。だが……私があの山に登ることは、二度とない」

フェリクス様は淡々とそう言うと、力なく私を見た。

「私はもうハーラルトのように若くないからね。無鉄砲なことをやる年齢は過ぎてしまった。……こんな私は、君への愛情が不足しているように見えるかもしれない」

「そんなことはないわ。慎重なのは王の大事な資質だわ」

慌てて言い返すと、フェリクス様は寂しげな表情を浮かべ、再び私の頭を撫で始める。

「ありがとう、ルピア。さあ、少し眠りなさい」

その言葉を聞いた私は素直に目を瞑った。

すると、頭を撫でられる気持ちよさも相まって、すぐに眠りの世界に引き込まれていったのだった。

次に目が覚めた時、窓の外は真っ暗になっていた。

どうやらあのまま眠り続けたみたいね、と驚きながら暗い部屋を見回すと、珍しく私一人だった。

フェリクス様はどこかしら、と思いながらベッドを下りると窓に近付き、カーテンを少しだけ開けて庭を見下ろす。

するとビアージョ騎士団総長、ギルベルト宰相とともに、フェリクス様が木の下に座っているのが見えた。

姿を見たことで安心した私は、カーテンを閉め直したけれど、どうやら少しだけ窓が開いていたようでフェリクス様の声が聞こえる。

あら、窓も閉めないといけないわねと思っていると、私の名前が聞こえてきたため、思わず手を止めた。

「ルピアは眠っている。昨夜の舞踏会の疲れが残っているはずだから、明日まで眠り続けるだろう」

続けて、ビアージョ総長の声が聞こえる。

「ハーラルト殿下がレストレア山脈に登られたようですね。駆り出された騎士たちが、酷い筋肉痛になりそうだとぼやいていました」

フェリクス様はため息をつくと、苦悩するような声を上げた。

「どうせ騎士たちから、ハーラルトが浮かれていたという話を聞いているのだろう？　あいつはルピアが好きらしい。そして、自分の感情を抑えることができないようだ。感情の赴くままにレストレア山脈に登り、ルピアに贈る花を摘んできたくらいだからな」

「……本当にハーラルト殿下は、王妃陛下に懸想されているのですか？」

「何と、それはまた……」

驚いたような宰相と総長の言葉に続いて、フェリクス様の低い声が響く。

「このことについて、私はまだ自分の感情を整理できていない。ハーラルトは弟で、私が庇護すべき者でもあるからな。しかし、……ルピアを渡すことは絶対にできない」

カーテンの隙間からちらりと見下ろすと、ギルベルト宰相とビアージョ総長の二人が無言で頷く姿が見えた。

そんな二人に向かって、フェリクス様は自分に言い聞かせるような声を出す。

「ハーラルトは若い。感情の高ぶるままにレストレア山脈に登ることなど、私にはもはやできやしない。年を重ねたからか、衝動的な感情が湧いてこないのだ」

「…………」

「…………」

ビアージョ総長とギルベルト宰相は反論こそしなかったものの、物言いた気にフェリクス様を見つめていたので、彼は居心地が悪そうに二人を見た。

「どうした、言いたいことがあるなら言ってみろ」

「では、言いますが、フェリクス王がレストレア山脈に登らないのは、衝動的な行動を抑えられる年齢になったからではなく、万が一にも怪我をして、王妃陛下に身代わりをさせたくないからですよね！」

「王、言葉にしなければ想いは伝わりません！　ハーラルト殿下まで名乗りを上げたのですから、ご自身の身代わりになって王妃陛下が苦しむ姿を二度と見たくなかったと、はっきり言うべきでした!!」

ギルベルト宰相とビアージョ総長がとうとうと訴えると、フェリクス様は普段よりも激しい調子で言い返した。

「それはお前たちの想像だろう！　なぜ事実であるかのように断言するんだ!!」

二人は返事をすることなく、無言でフェリクス様を見つめる。

しばらくの沈黙の後、フェリクス様が折れた様子で言葉を続けた。

「……百歩譲って事実だったとして、言葉にできるわけがないだろう！　ルピアは人一倍気を遣うのだから、そんなことを言ったら、私が衝動のおもむくままに行動できなくなったのは自分のせいだと、気に病むかもしれないじゃないか」

「それは……その通りですね！　私の考えが不足していました」

「さすがは王です！　王妃陛下のことをよく理解されています！」

二人は手のひらを返して、前言とは異なる発言をした。

その後も三人は何事かを話していたけれど、私は今聞いた話に驚き過ぎて、それ以降の話は耳に入ってこなかった。

ああ、何てことかしら。フェリクス様は私のために、行動を制限しているのだわ。

申し訳ない気持ちになっていると、フェリクス様の暗い声が響く。

「どの道私の心配は杞憂に過ぎない。最早ルピアは私に恋をしていないのだから、私が危険に陥ったとしても、私の身代わりになることはないだろうからな。だから、これは私が勝手に心配して、勝手に行動しているだけだ」

「なるほど、それなのに万が一の場合を考えて、行動を制限しているんですね。この一途さがルピア妃に伝わるといいですね」

「今回のことは抜きにしても、最近の王は王妃に対して甲斐甲斐しいですし、王妃陛下も少しは王のことを評価しているんじゃないでしょうか」

ビアージョ総長とギルベルト宰相は肯定的な意見を述べたけれど、フェリクス様は元気がない様子で首を横に振った。

「そうは思わない。私はクリスタから実に強力な呪いをかけられたからな」

「呪い？」

「クリスタ殿下からですか？」

驚く二人の声の後に、生真面目なフェリクス様の声が続く。

「そうだ。クリスタが私にかけたのは、『「つまらない男ね！」と愛しの妻に思われる』という呪いだ。そのせいで、ルピアは私をつまらない男だと思ったはずだ」

一拍の沈黙の後、呆れたような総長と宰相の声が聞こえた。

「……いや、それは都合のいい言い訳ですよね！」

「ええ、クリスタ殿下にそのような力はないはずですから、ルピア陛下につまらないと思われたとしたら、それが王の実力です！」

「お前たちは！　どうしてそう私に優しくないんだ!!」

苦情を言うフェリクス様だったけれど、本気で怒っているようには見えなかった。

それどころか、冗談めかして二人を小突いていたため、三人の仲の良さが見て取れた。

そのことに安心し、これ以上話を盗み聞きしてはいけないと、窓をそっと閉める。

それから、フェリクス様の本音を聞けてよかったわと思った。

「フェリクス様は本当に優しいのね。大国の王だからやることはたくさんあるし、考えることもあるだろうから、彼個人の時間は少ないはずなのに、その時間を使って私のことを細やかに考えてくれるのだもの」

フェリクス様の私に対する深い思いやりは、彼の優しい性格に起因しているのだろうけれど、それだけでないことも分かっていた。

多分、相手が私だから特別に優しくしてくれるのだ。

そう考えた時、胸の中を蝶が羽ばたいているような、くすぐったい気持ちを覚えたのだった。

34・ディアブロ王国特産品

翌日になっても私の熱は下がらなかった。

一昨日、王宮舞踏会に参加して興奮し過ぎたのかもしれないし、それまでの疲れが溜まっていたのかもしれない。

あるいは昨日、フェリクス様とハーラルトが対立する姿を見て、ハラハラし過ぎたのかもしれない。

いずれにしても侍医にゆっくりするよう言われたので、ベッドの中でおとなしくしていると、廊下から乱れた足音が近付いてきた。

乱れているというよりも、走っているようだ。

まあ、何があっても走ってはいけない王宮の廊下を走る不届き者は誰かしら、と思ったけれど、すぐに王宮の廊下を走っても咎められない人なんて一人しかいないことに気付く。

おかしくなってくすくす笑っていると、扉を開けたフェリクス様が私を見て唖然とした表情を浮かべた。

「ルピア、高熱で顔が真っ赤になっているのに、どうして声を出して笑っているんだ！　ああ、熱で錯乱しているのか……」

「まあ、違うわ。あなたが子どものように走ってきたのがおかしかったのよ」

勝手に重病人にさせられたわと口を尖らせていると、フェリクス様は心配した様子でベッドの縁に腰を下ろした。

それから、手を伸ばしてくると私の額に当てる。

「そんなことがおかしいだなんて、やはり熱でおかしくなっているんだ」

フェリクス様はどうあっても、私が熱でおかしくなっていることにしたいようだ。

「ほら、火傷しそうに熱いじゃないか」

そう言いながら額に当てた彼の手を目の前に持ってこられたけれど、フェリクス様が大袈裟なだけだ。

私はフェリクス様の手を片手で掴むと、じっと見つめる。

「あなたの手はちっとも赤くなっていないわ。私が見る限り、火傷はしていないわね」

「ル、ルピア……」

動揺した様子のフェリクス様に、不思議に思って問いかける。

「どうしたの？」

「いや、その……ルピアに握られて、着目してもらうなんて、私の右手は幸せだなと思っただけだ」

まあ、おかしくなっているのは、私でなくフェリクス様だわ。

びっくりしながら赤くなったフェリクス様を見上げていると、ノックの音がしてミレナが入ってきた。

彼女は手に銀のトレイを持っており、その上には銀色の丸い蓋（クローシュ）をかぶせた皿が載っている。

「ああ、そうだった。君が発熱したうえ、食欲もないと聞いたので、食べられそうな物を特別貯蔵室から運ばせたのだ」

「特別貯蔵室？」

初めて聞く単語に、何か特別な物が食べられるのかしら、と思わずお皿を見てしまう。

まあ、私はいつからこんなに食いしん坊になったのかしら。

いいえ、お腹の赤ちゃんが食べたがっているのよ。

そう言い訳をしている間に、ミレナはサイドテーブルにお皿を置くと退出していった。

フェリクス様は手早くベッドの上に簡易テーブルを設置すると、その上にお皿を置く。

それから、クローシュを持ち上げてくれたのだけど、皿の上に載っていた果実を見た私は目を丸くした。

「えっ、フルフルの実？」

母国でよく目にしていたピンク色の果実を目の当たりにし、まさかそんなはずはないと思いながらも思わず言葉が飛び出る。

どこからどう見てもフルフルの実に見えるけれど、きっと別の果物だろう。

なぜならフルフルの木は母国の中でも特定の地域でしか育たない、栽培することが難しい植物だからだ。

加えて、果実は腐りやすくて長期保存に向かないため、母国からこの国まで輸送することは到底不可能だ。

だから、この国にフルフルの実を持ち込むことはできないはずだ……スターリング王国に輿入れする際、何とかこの実を持ち込む方法はないかしら、と散々検討した私が言うのだから間違いない。

そう考えて首を傾げていると、フェリクス様はスプーンで果肉をすくって、私の口元まで運んでくれた。

思わず口を開けると、するりとスプーンが入り込んできて、口の中に甘い味が広がる。

何とも言えない甘さと柔らかさは、間違いなく私が知っているフルフルの実と同じものだったため、びっくりしてフェリクス様を見つめた。

「えっ、本物?」

「ああ、フルフルの実だ。ディアブロ王国から運んできた」

「まあ、私が眠っている間にそんなことが可能になったの？　この果実は収穫後5日しかもたないわ。そして、母国からこの国まで輸送するのに、二週間はかかるのに」

一体どうやってディアブロ王国から運んできたのかしら。

不思議に思って見上げると、フェリクス様は私の発言を肯定するように頷いた。

「ルピアの言う通りだ。だから、この実を一旦凍らせることにしたのだ」

「えっ？」

言われたことが理解できずに問い返す。

すると、フェリクス様はもう一度スプーンを私の口に運びながら、丁寧に説明してくれた。

「ディアブロ王国にはアンゼナ山があるだろう。あの山は標高が高く、頂には夏でも万年雪が積もっている。だから、フルフルの実を収穫するとすぐに、あの山の積雪部に運ぶことにしたのだ。そこで一旦凍らせておいて冬を待ち、気温が下がり切ったところで凍った状態のままこの国に運ぶ。そして、食べる時まで特別貯蔵室で保存しておくというわけだ」

考えたこともなかった新たな方法を説明され、私はぽかんと口を開けた。

「まあ、よくそんなことを思いついたわね。考えた人はものすごく頭がいいわ」

私の言葉を聞いたフェリクス様は頬を赤らめると、「褒めてくれてありがとう」と言ってきた。

まさかフェリクス様が発案者なのかしら。

びっくりしながら、フェリクス様に質問する。

「今の話を聞いただけでも、大変な工程がいくつもあったわ。アンゼナ山は危険だから、積雪部まで運ぶだけでも大変な苦労をするはずよ。フルフルの実をこの国まで運ぶのに、ものすごい手間と時間が掛かったのじゃないかしら」

「君が一番好きな食べ物だと聞いたからね。何としてでもこの国でも食べられるようにしなければいけないと決意したのだ」

さらりと発せられた言葉に驚き、私はフェリクス様を見つめた。

私がフルフルの実を好きなことを知っているのは、母国の者とバドくらいだ。

フェリクス様と母国の者との間に直接の交流はないはずだから、バドがまたもや私の秘密を洩らしたのだろう。

そして、フェリクス様は採算を度外視して、私のためにこの国までフルフルの実を運んでくれたのだ。

「まあ、この方法を考えてくれたのは、本当にフェリクス様なのね。私が好きな果実というだけで、手間も採算も考えずに、スターリング王国にフルフルの実を運んでくれたの?」

「……今日のように食欲がない日には、とてもいい食べ物だろう?」

そう、フルフルの実は私の大好物で、いつだってこれだけは食べられたから、母国では私が病気になった時には必ず出されていたのだ。

フェリクス様はきっと、その話まで聞いているのだわ。

「フェリクス様の知らない私の秘密は残っているのかしら?」

驚いて呟くと、フェリクス様は困ったように微笑んだ。

「たくさんあるよ。君の心の裡(うち)はこれっぽっちも分からないからね。君の気持ちは君だけのものだ」

そう言うと、フェリクス様はもう一度スプーンで果肉をすくって、私の口に入れてくれた。

「美味しい」

じんわりとした甘さが口の中に広がり、ずっと昔にこの果実を食べたことを思い出す。

懐かしい気持ちになっていると、いつの間にかぽろりと涙が零れたようで、フェリクス様が慌てた様子で私の涙を指先で拭ってくれた。

「ルピア、どうした？　何か不都合があったのか？」

フェリクス様が心配そうに顔を覗き込んできたので、何でもないと首を横に振る。

けれど、フェリクス様が納得していない様子だったので、きちんと言葉に出して否定した。

「いいえ、何でもないわ。ただ……昔、この実を食べていた頃のことを思い出したの。お姉様と半分こして食べたこととか、従兄とスプーンではなくフォークで食べて笑い合ったこととか。どれも楽しい思い出のはずなのに不思議ね、涙が出てしまったわ」

フェリクス様は私を見つめたまま、言葉を選ぶ様子で返事をする。

「……楽しかった思い出だからこそ、懐かしくて涙が出たのだろう」

それから、少しためらった後、気遣うように尋ねてきた。

「ルピア、……一度ディアブロ王国を訪問するのはどうかな。君が目覚めたことと、妊娠の報告を兼ねて、母国を訪ねるというのは」

「えっ、でも……あなたはディアブロ王国行きを反対しているのじゃないの？」

驚いて問い返すと、フェリクス様はぎゅっと私の手を握ってきた。

「君が永遠に母国に戻ると言うのならば反対するが、挨拶を兼ねて一時的に母国に里帰りするのであれば、止める理由はない。……私も同行させてもらうよ」

フェリクス様は平静さを装っていたけれど、私を握る彼の手は小刻みに震えていた。

35・フェリクス様の望み

フェリクス様の震える手を見て、彼がどれほど無理をしてディアブロ王国への帰省を申し出てくれたか、分かったような気になった。

フェリクス様は元々、私が母国に戻ることに難色を示していたけれど、それだけでなく、私の家族に会うことを苦手に思っているのかもしれない。

なぜなら私は合計12年もの間、眠り続けたのだ。

それが私の役割だったとはいえ、フェリクス様は申し訳ないと感じているようだから、私の家族にも同じようにすまないと思っているのかもしれない。

そうであれば、私の家族に会うことに緊張し、気が重くなるのは当然のことだろう。

それに、私の家族であれば、遠路はるばる同行してくれたフェリクス様に対しても、苦情の一つや二つ……もしかしたら10や20くらいは言うかもしれない。

その場合、フェリクス様はせっかく母国に付いてきてくれたというのに、嫌な思いをするだろう。

「フェリクス様、あの、無理をして付いてこなくてもいいのよ」

フェリクス様にそう返した私の気持ちを、彼は理解してくれていただろうけれど、即座に首を横に振った。

「君が一人で母国を訪問した場合、もう一度、私のもとに戻ってきてくれるだろうかと、私は心配になるだろう。君がこの国に戻るまで、私は食べることも眠ることもできなくなるはずだ」

大袈裟ではないかしら、と思ったけれど、最近のフェリクス様を見ていると、あながち冗談とも言えない気がしてくる。

「それなら、どうしてディアブロ王国への訪問を提案してくれたの？」

そのため、思わず疑問が口を衝いて出た。

先日、フェリクス様は私が母国で暮らしたいと言ったならば引き留められないと発言した。

その時、フェリクス様は私の望みに従って、私を手放すことも考えているのだと感じた。

しかしながら、一方では、フェリクス様の日々の言動から、私にずっとこの国にいてほしい気持ちが伝わってくる。

そんなフェリクス様にとっては、一時的にしろ私を母国に戻すのは悪手じゃないかしら。

「私をディアブロ王国に帰すのは、あなたにとって上手い方法とはいえないわ。もしかしたら私に里心が付いて、スターリング王国に戻りたくないと言い出すかもしれないでしょう？」

不思議に思って尋ねると、フェリクス様はぽつりと呟いた。

「……私がディアブロ王国に付いていくのは、そのリスクを少しでも抑えるためだ」

「えっ？」

どういうことかしら、ともう一度尋ねると、フェリクス様は考える様子で口を開いた。

「君に付いていって、同じものを見て、同じものを食べたい。そして、君が母国に焦がれる様子を見せるたびに、君の大事なものが何かを把握し、同じものをこの国でも提供できるよう努めるつもりだ」

「………………」

とんでもないことを言われたわ。

驚いて返事ができないでいると、代わりにフェリクス様が言葉を続けた。

「あるいは、スターリング王国の魅力を一つ一つ数え上げ、君に我が国のよさを再認識してもらう。しかし、それでも君がディアブロ王国で暮らしたいと言ったら……私にはどうすることもできやしない」

そう発言したフェリクス様がものすごく苦しそうだったため、私は心から不思議に思って、同じ言葉を繰り返す。

「だとしたら、フェリクス様はやっぱり私に母国を訪問するよう提案すべきじゃないわ。私がディアブロ王国に帰りさえしなければ、悩む必要もない問題だもの」

私を母国に帰す、という選択肢がなければ、フェリクス様が悩むことはないはずよ、と素直に思ったことを口にすると、彼は困ったように私を見た。

「私の都合だけを考えたらそうなるだろうが……ルピア、これまでの君はいつだって、自分の望みは二の次にして、私のことだけを考えて行動してくれた。だから、私は君と一緒にいる時には、君を手本にするようにしているんだ」

「えっ」

私がフェリクス様のお手本に？　と、びっくりして声を漏らす。

一方のフェリクス様は弱々しく微笑んだ。

「私の感情に任せていると、君の都合を考えずに、『君のためになると私が考えた方法』を取ってしまいそうになるからね。……君だったらどんな風に相手に接するだろう、と必ず一度考えるようにしているんだ」

フェリクス様は言葉を切ると、私の腹部に視線を向ける。

「君は今、とても大切な時期だ。多分、母君や姉君、家族とともに過ごし、私に言えない話や、たわいのない話をする時間を持つべきだ。それらが何か役に立つのかと言われれば、何の役にも立たないかもしれないが、……そういう優しい時間が君には必要だと思う」

どこまでも私のことを考えたフェリクス様の言葉を聞いて、私はもう一度質問した。

「私がその優しい時間を持つことは、あなたが私を失うリスクを冒すこと以上に、あなたにとって大切なことなの？」

「そうだ」

フェリクス様がきっぱりと言い切ったため、私は驚きで目を瞬かせた。

まさかそう答えるとは思っていなかったからだ。

「……フェリクス様は……」

彼がやろうとしていることは、とても真似できるものじゃないわ。

好きな人には側にいてほしいと、どうしても望んでしまうもの。

以前のフェリクス様はこんな風に思考しなかったから……彼は変わったんじゃないかしら。

最近のフェリクス様は全てのことを差し置いて、まず私のことを優先しようとしてくれるのだから。

もしかしたらフェリクス様が変化した原因は、私かもしれない。

そうだとしたら申し訳ないことだわと思いながら、感謝の言葉を口にする。

「フェリクス様、ありがとう。ディアブロ王国に戻って家族に会えると思うと、すごく嬉しいわ」

フェリクス様は笑顔で頷いたけれど、どこかまだ緊張しているように見えた。

やはり私が母国に残ると言い出すことを心配しているのかもしれない。

自分の感情を押さえつけ、私を心配させまいと笑顔を保つ彼を見て、思わず言葉が口を衝いて出た。

「あの、何か私にできることはないかしら？」

フェリクス様は驚いたように目を見張ったけれど、「私が好きでやっていることだから」とやんわりと断ってきた。

けれど、私が諦めることなく、フェリクス様のために何かしたいともう一度お願いすると、躊躇う様子を見せる。

その態度を見て、きっと私に何らかの要望があるのだわ、とぴんときた。

そのため、私が三度目となる質問をすると、フェリクス様は迷う様子で口を開いた。

「一つだけ、君にしか叶えられない望みがあるが……これは非常に図々しい願いだ。口にすることも許されないほどの」

フェリクス様はいったん口を噤むと、視線を床に落として低い声で呟いた。

「だから、……聞いた後に断ってくれて構わない」

フェリクス様は私の母国を一緒に訪問しようと、何でもないことのように提案してくれた。

けれど、提案した時の軽そうな言動とは異なり、実際には非常に大変なことだというのはよく分かっている。

一国の王が妃の里帰りに付いてくることなど普通はあり得ないし、身籠っている王妃を国外に出すことも常識的に考えられないことだからだ。

フェリクス様は大変な無理をして、私の望みを叶えようとしてくれているのだ。

その対価であれば、彼が言うところの『口にすることも許されないほどの図々しい願い』でなければ釣り合わないだろう。

断るつもりはないけれど、まずはフェリクス様の願いを聞き出すことが第一だわ、と彼の心を軽くする答えを返す。

「分かったわ、私には無理だと思ったら断るわ」

フェリクス様は緊張した様子で頷いた後、私の片手を握ると深く頭を下げた。

「ルピア、まずは謝罪する。これから君が思い出したくない場面を思い出させることについて」

「え？」

フェリクス様は一体何を言い出すつもりかしら。

つられて私も緊張していると、フェリクス様は顔を上げてかすれた声を出した。

「私の願いは……10年前、君が子どもを身籠ったと伝えてくれたシーンをやり直すことだ」

「えっ！」

まさかそんな要望を出されるとは思わなかったため、びっくりして目を丸くする。

無言になった私をどう思ったのか、彼は座っていたソファから滑り下りると、私の手を握ったまま足元に跪いた。

「君は私の子どもを身籠ってくれた。私は君に感謝して、愛を捧げるべきだったのに、真逆の行動を取ってしまった。私はそのことを、この10年間ずっと後悔してきた。何度考えても、私の行動は酷過ぎる」

「でも」

思わず反論しそうになったところで、フェリクス様が痛ましいものを見るような目で私を見てきた。

「分かっている、私が全てを台無しにしたことは。実際には過去をやり直すことなどできないし、君があの時のことを忘れることはないことも重々承知している。しかし、それでももう一度、あの場面を再現させてほしい。不可能なことは分かっているが……私は少しでも、君に大事な時間を返したいのだ」

フェリクス様は唇を噛み締めると、縋るような目で私を見つめてきた。

36・10年前の再現

10年前の、子どもを身籠ったとフェリクス様に伝えたシーンをやり直す。

それは到底不可能なことに思われた。

時間は刻一刻と動いているのであり、感情も同じように動いている。

子どもを身籠ったと知って、どうしようもないほど嬉しくなった気持ちをもう一度抱くことはできないのだ。

それに、私はあの時のフェリクス様の反応を覚えている。

その記憶は決して、もう一度繰り返したいと思えるものではなかった。

だから、首を横に振ろうとしたけれど、フェリクス様の縋るような表情が目に入り、動きを止める。

フェリクス様は毎日、私のために精一杯のことをやってくれている。

そんなフェリクス様をこれ以上悲しませたくはない、と理由もなく彼を拒絶することはできない気になり、私は自分の心情を言葉にした。

「今の私は10年前と同じ感情を抱いていないの。だから、同じように再現することはできないわ」

婉曲に拒絶したつもりだったけれど、フェリクス様には伝わらなかったようで、真剣な表情で頷かれる。

「もちろん君の言う通りだ。それで構わない。私はあの時、君が魔女であることを信じなかった。そのせいで自分の感情を見誤り、君に酷い対応をした。もう一度やり直させてほしい」

「…………」

私は何と言えばいいか分からなかった。

10年前のシーンをやり直したからといって、何かが変わるとは思えなかったからだ。

けれど、それでフェリクス様が満足するのならばと、私の前に跪く彼を見つめる。

それから、小さな声で言った。

「フェリクス様、子どもができたわ。……あなたの子よ」

ふと10年前に彼の子どもだと信じてもらえなかった記憶が蘇り、最後の一言を付け足す。

すると、フェリクス様は動きを止めて私の顔をじっと見つめてきた。

まるで私の表情を覚えていよう、とするかのように。

だから、思わず言葉を付け足す。

「フェリクス様、できる限り再現しようとしているけれど、同じようにはできないわ。10年前の私は嬉しくて笑っていたもの」

「……そうか」

フェリクス様は頷くと立ち上がり、私の隣に座ってきた。

それから、ゆっくり私の体に腕を回すと、ふわりと抱きしめる。

「フェ、フェリクス様？」

どうして私は抱きしめられたのかしら、と慌てる私の耳元に、フェリクス様の低い声が響いた。

「私を落ち着かせるためだと思って、少しだけこのままでいさせてくれないか」

彼の静かな言葉に冷静さを取り戻し、動くのをやめると、フェリクス様の後悔に満ちた声が聞こえた。

「ルピア、すまなかった。私の子を身籠ってくれた君に、不当な扱いをした私が間違っていた。テオが私に嘘をついたのだ。彼は戦場で『虹の女神』が私を治癒した場面を見たと、虚偽の報告をしてきた」

フェリクス様が当時のことをわざわざ説明してくれているのは、恐らく私のためだろう。

フェリクス様の性格的に、後から言い訳をすることは嫌いなはずだ。

にもかかわらず、10年前の誤解を正すために、当時の状況を説明してくれているのだ。

「戦場では、多くの兵士が崖から落ちる私を目にした。だから、無傷の私を発見したテオは、『女神の加護』だと公言することで、兵たちの士気を上げようと考えたのだ。愚かなことに、私は2年もの間、ずっとその話を信じていた」

私は10年前のことを思い出す。

フェリクス様が心からテオの言葉を信じている様子だったことを。

フェリクス様はぐっとこぶしを握り締めた。

「私にとって、誰もが等しく大切ではない。2年前、私にとって一番大切なのは君だった。だから、私は無条件に君を信じるべきだった。それなのに、君が教えてくれたとても大切な秘密を信じることができなくて本当にすまなかった」

抱きしめられたままフェリクス様を見上げると、その顔は紙のように白かった。

彼の全身はがたがたと震えていて、苦しそうに顔を歪めている。

そして、その瞳は遠い何かを見つめているかのように、焦点が合っていなかった。

もしかしたらフェリクス様は、今ここにないものを見ているのかもしれない、とふと思う。

フェリクス様は10年前のあの日、私が妊娠を告げた場面にいるのかもしれない、と。

10年前のその場面は、フェリクス様にとっても思い出したくない記憶だろう。

けれど、彼はこの10年の間に、何度も何度もあの場面を思い返したのではないだろうか。

だからこそ、フェリクス様はあの時の感情と場面を簡単に再現できるし、自分ができるからこそ私もできるものだと思い込んで、10年前を再現したいと要望したのではないだろうか。

そのことに気付いた瞬間、私は彼の傷を見たように思った。

10年前のあの日、フェリクス様の子どもを妊娠したことを信じてもらえなくて、私はとても悲しかった。

けれど、いつものように悲しい気持ちを呑み込んで、10年間眠っていたら、その感情はなくなっていた。

一方のフェリクス様は、あの時のことを明確に覚えている様子で、苦しそうに全身を震わせている。

『傷付けた人と傷付けられた人、どちらが苦しいのかしら？』

そんな問いがぽつりと浮かぶ。

普通に考えると、傷付けられた人が苦しいはずだけれど、フェリクス様のように優しい人であれば、傷付けたことをずっと後悔して、苦しさを覚え続けるのかもしれない。

フェリクス様はこの10年で年齢を重ね、28歳になっている。

28年分の多くの経験を積んでいるはずだから、ちょっとやそっとのことで動じることはないだろう。

そのはずだけど、なぜだか私の目に映るフェリクス様はとても傷付きやすく見えた。無防備な少年のように。

「ルピア、……君に出会えたことは、私の人生における最大の幸福だ」

フェリクス様が口にしたのは短い言葉だったけれど、彼の気持ちが伝わる気がして胸がじわりと温かくなる。

彼は私を抱きしめたまま言葉を続けた。

「私はずっと幸せだった。君が私を守ってくれたから」

それから、彼は感情が溢れてきたかのような震える声で、普段よりもゆっくりと言葉を紡ぐ。

「最愛の君が私の子を身籠ってくれたことが、心の底から嬉しい。ルピア、ありがとう。私は君が無事に子どもを産めるように最善を尽くす。そして、必ずいい父親になるよ」

密着していたからか、彼の体が熱を持っているかのように熱いことに気付いてしまう。

私を見つめる目も、彼の声も、全てが熱を持っているかのようだ。

だからなのか、触れる体を通して、私にもその熱が移ったような気持ちになった。

✿ ✿ ✿

フェリクス様の感情にあてられたのだろうか。

今が10年前でないことは分かっているのに、身籠ったばかりのような気持ちになった。

そんなはずはないのに、と思いながらフェリクス様を見上げると、熱っぽく私を見つめている彼と目が合う。

フェリクス様の表情を端から端まで探ってみたけれど、私への嫌悪も軽蔑も一切見当たらない。

そこにあるのは私への慈しみと恋慕の情、それから彼自身の喜びだけだ。

魔女は私だというのに、なぜだかその瞬間、フェリクス様に魔法にかけられたような気分になる。魔法によって、10年前に逆戻りしたかのような気持ちに。

「私……無事にこの子を産むわ」

唐突にそんな言葉が口を衝いて出たけれど、フェリクス様は驚く様子もなく頷いた。

「ああ、君も子どもも絶対に安全だ。約束する」

フェリクス様の言葉を聞いて、彼も私と同じように、子どもの誕生を願ってくれているのだわと嬉しくなる。

そのため、同じ志を持った同志に打ち明けるような気安さで、自分の感情を言葉にした。

「フェリクス様、私はびっくりするくらい嬉しいの」

フェリクス様は分かっていると頷き、私と同じくらい興奮した声を出す。

「ちっとも驚くべきことではない。私もどうしようもないほど歓喜している」

フェリクス様はとても幸福そうで、彼の零れんばかりの笑みは私が初めて目にするものだった。

その笑顔を見たことで突然、私は父親になったと知らされた瞬間の幸福を、彼から奪ってしまったことに気が付く。

何事かが起こった時、その原因が一方だけにあるということは滅多にない。

私は生まれた時から魔女の存在を当たり前だと考えている家族と暮らしてきたため、世間の人々の魔女に対する認識の低さを理解していなかった。

だから、自分が魔女であることについて、フェリクス様に十分説明を行わなかった。

そのせいで、彼は私が魔女であると信じることができず、大切な場面とその後に続く多くの時間を失ったのだ。

突然の気付きに言葉を失っていると、フェリクス様が心配そうに問いかけてきた。

「どうした？　私はまた何か不用意な一言を言ってしまったのだろうか？」

「いえ、……10年前、私も間違えていたことに改めて気付いたの」

フェリクス様がぎょっとした様子で私の顔を覗き込んできたので、私はぽふりと彼に抱き着く形で顔を隠す。

「ル、ルピア!?」

返事をしないでいると、フェリクス様の心配そうな声が降ってきた。

「ルピア、どうかしたのか？」

自分の中の感情を整理できず、言葉を発することができないまま首を横に振ると、フェリクス様が言いにくそうに言葉を紡ぐ。

「ルピア、せっかくの機会だから、一つ君に話したいことがある。君は気付いていないようだが……10年前の私の態度が傷になって、君の中に残っていると思う」

「えっ？」

驚きで声が零れる私に対して、フェリクス様は静かに言葉を続けた。

「私は以前、『腹立たしかったことは腹立たしかったと、悲しかったことは悲しかったと、相手にきちんと言葉で伝え、すっきりしてしまわないと、いつまでも悶々として苦しむだけだ』と君に言った。あの時の君の反応を見て、私は気付いたのだ」

「何をかしら？」

フェリクス様の言いたいことが分からず、戸惑いながら問い返す。

「恐らく、君は何事も我慢し、腹の中に負の感情を溜め込むタイプなのだ。……ルピア、腹の中に溜めた感情は、自然に消えてなくなりはしない」

そうだろうか。

私の場合、悲しくて苦しいことがあっても、お腹の中に呑み込んで笑っていると、消えてなくなってしまうのだけど。

「君が消えたと思っているだけで、実際に辛い感情は君の中に残っている。だから、今のように10年前の酷かった出来事をやり直しても、思いがけない時に当時の感情が蘇ってきて、君を再び悲しい気持ちにさせるだろう」

「…………」

そんなことがあるものかしら。

「だから、君は負の感情を腹に溜め込むことをやめるべきだ。慣れないうちは難しいだろうが、辛い気持ちを言葉に出してくれないか。既に君から消えてしまい、辛さから解放されたと思う感情でもいいから、言葉にして教えてほしい」

真剣な表情で頼んでくるフェリクス様に、私は首を横に振った。

「フェリクス様が聞いて楽しい話じゃないわ」

「それは私の自業自得だから気にしないでくれ。この10年の間、私は何度も自分が間違えた場面を反芻し、自らを罵ってきた。君がどんな言葉を口にしたとしても、恐らく同じ言葉で既に自分自身を罵った経験があるはずだ。だから、私がさしたるダメージを受けることはない」

それは果たして大丈夫と言えるのかしら。

首を傾げていると、フェリクス様は顔を歪め、後悔に満ちた声を出した。

「10年前、私は今のように君を抱きしめて、感謝して、愛を伝えるべきだった。しかし、実際には君を疑い、非難し、詰問した。あの時の君が……悲し気な顔で私を見上げ、言葉を呑み込んだのを覚えている」

フェリクス様の言葉を聞いたことで、10年前の悲しかった場面を思い出し、つきりと胸が痛む。

おかしいわね。悲しかった感情は全て消えてなくなったはずなのに、どうして胸が痛むのかしら。

ちらりと彼を見上げると、私の言葉を待っている様子だったため、諦めた私は10年前のことをもう一度思い返してみる。

それから、当時の出来事を思い出しながら、ぽつりぽつりと言葉にした。

「私が妊娠を伝えようとした時、フェリクス様は取り付く島がなかったわ。私が何を言っても聞いてくれなくて、そのことがとても怖くて悲しかった」

10年前の彼は、私が見たこともないほど恐ろしい雰囲気だったたし、私の言葉を聞いてくれる様子は見られなかった。

だから、私の言葉は彼に届かないのだわ、と悲しくなったのだ。

私の言葉に思い当たることがあったのか、フェリクス様はその通りだと頷くと、言い訳をすることなく謝罪してきた。

「全て君の言う通りだ。すまなかった」

不思議なことに、たったそれだけで、私の胸が少しだけ軽くなったような気持ちになる。

自分の感情の変化に戸惑いながら、10年前の場面について感じたことを、私はさらに言葉にした。

「子どもができたと分かった時、これまでの人生で一番幸せだと思ったわ。だから、あなたにも同じように喜んでもらって、一緒に笑い合いたかったの」

10年前の私の望みは、本当にたったそれだけだった。

大好きな人に『あなたの子どもができたのよ』と伝えて、一緒に笑い合うこと。

それだけで、私はとても幸せな気持ちになれただろう。

当時の幸せだった思いが蘇ってきたのか、私の顔に笑みが浮かぶ。

私の表情を見たフェリクス様はぐっと唇を噛み締めると、泣き出しそうな顔で謝罪してきた。

「すまない、ルピア。私は現実主義者で頭が固い愚か者だった。そのことを嫌になるほど後悔した。

私は絶対に疑ってはいけないことを疑った。そして、誤解したまま何の罪もない君を非難した。私は君の一番幸せな瞬間を台無しにしたのだ」

私は頷くと、フェリクス様と同じように告白した。

「そして、私は夢見がちな魔女だったわ。魔女についての十分な説明をあなたにしなかったのに、魔女だと信じてもらえたのだと疑いもしなかったのだから。10年前のことは私にも原因があるわ。私もあなたの幸せな瞬間を台無しにしたのよ」

フェリクス様は驚いた様子で、大きな声を出した。

「そんなことは絶対にあり得ない!!」

私はフェリクス様に向かって首を横に振る。

「いいえ、私も間違えたの。あなたが私の幸せな瞬間を台無しにしたように、私もあなたの幸せな瞬間を台無しにしたのだわ。だから、おあいこね?」

「おあいこ?」

意味が分からないといった様子で同じ言葉を繰り返すフェリクス様に、私は頷いた。

「ええ、私たちは夫婦だから、二人で間違えたのよ」

❁
❁
❁

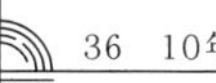

「ルピア、間違えたのは私だけだ！　君は何一つ間違っていない」

フェリクス様は真剣な表情で言い募ってきたけれど、私はそんなことはないと首を横に振った。

「いいえ、私たち二人で築いた関係だもの。二人でしか間違えられないわ」

「そ……」

フェリクス様は必死で反論の言葉を探していたけれど、私は反省も謝罪も十分だわという気持ちになってぱちりと手を叩く。

それから、このめそめそした雰囲気を変えようと、悪戯っぽく続けた。

「これほど盛大に間違えるなんて酷いものね。現実主義者の王様と夢見がちな魔女は、相性が悪いのかもしれないわ」

フェリクス様は慌てた様子で言い返してくる。

「そんなことはない！　君ほど私にぴったりの者はいない」

普段にない彼の様子がおかしくて、私はフェリクス様に笑顔で提案した。

「そう思ってくれるなら、今後は二人で間違えないようにしましょうね」

「……ルピア、私にそんな優しい言葉をかけてもらう資格はないよ」

フェリクス様は苦しそうな表情でかすれた声を出したけれど、すぐに思い直した様子で力強く答える。

「だが、私は君に約束する！　今後は絶対に二度と間違えない!!」

「そうだと嬉しいわ」

そう答えたところで、フェリクス様と一緒に10年前の出来事を穏やかに話している現状を不思議に思った。

それから、彼に妊娠を告げた時のことをもう一度思い出して、ふっと微笑む。

……フェリクス様の言う通りかもしれないわ。

「どうかしたのか？」

私の表情を見て、不思議そうに問いかけてくるフェリクス様を見上げると、私は感謝の思いを口にした。

「自らの間違いを認めるのは難しいわ。10年前の出来事から目を逸らして暮らす方が楽でしょうに、あなたはもう一度、過去を見つめ直してくれたのね。それから、10年前に私が感じたことを言葉にする機会をくれた。さらには、私の厳しい言葉をあなたはきちんと聞いてくれたわ」

フェリクス様は本当に素敵な人だ、と改めて感じる。

立場というのはどうしても、その人の人格形成に影響を与える。

フェリクス様は王様で、常に誰もが彼に従うから、いつの間にか態度が尊大になって、自分以外の者を粗雑に扱うようになったとしても仕方がないことだろう。

それなのに、フェリクス様は決してそんな風に変化しないのだ。

こんな王様は滅多にいないわ、と誇らしく思っていると、私に感謝されるつもりがないフェリクス様は首を横に振った。

「自分が蒔いた種だ。私が対処するのは当然だ。ただ、ひとこと言わせてもらうと、君は10年前の気持ちになって私を詰ったつもりかもしれないが、厳しさが不足している」

「まあ」

私は結構きついことを言ったのに、こんな風に返してくるということは、フェリクス様は打たれ強いようだ。

そのことが無性におかしくなって、くすくすと笑いながらお礼を言う。

「お言葉だけど、言いたいことは全部言ったわ。そうしたら、あなたの言う通り、気持ちがすっきりしたの。消えてしまった過去の感情をもう一度言葉にしても何も変わらないと思ったのに、当時の私を理解してもらった気持ちになって嬉しくなったわ。ありがとう、フェリクス様」

フェリクス様は驚いた様子で目を瞬かせた。

「私がお礼を言われることは何もないよ。当時の君は今の君とつながっている。過去の感情を清算することで、今の君の精神状態がよくなるのは当然の話だ」

フェリクス様の発想は、いつだって私にないものばかりだ。

過去の自分の感情を吐き出したからといって、今の自分に影響があるとは思いもしなかったけれど、私はとても穏やかな気持ちになれている。

微笑みを浮かべていると、フェリクス様が私の手を取り、自分の頬にぴたりと付けた。

「ルピア、私の方こそ10年前の君にお礼を言わせてくれ」

「10年前の私にお礼？」

先ほどからずっと過去についての謝罪をされてきたけれど、フェリクス様にお礼を言われるようなことがあったかしら。

「私は10年前、『腹の子の父親は私ではないと、正直に告白してくれるならば、君を許すよう努力する』と君に迫った。だから、真実を話すようにと」

「……ええ、覚えているわ」

あの時、今すぐに彼の思い込みを正すことはできないだろうから、一旦彼の言葉に同意して、状況が改善してから真実を話すことが正しい対応だと考えたのだ。

けれど、一時的にだとしても、お腹の子どもの父親がフェリクス様ではないと、私にはどうしても口にすることができなかった。

「君は最後まで、子どもの父親は私だと言い張ってくれた。あの時の君に心から感謝する。当時の私は君を恫喝していたようなものだから、君の目に非常に恐ろしく映っただろう。それなのに、君は絶対に折れなかった。おかげで、この子は救われたのだ。その出自に一片の陰りも与えなかったのは、ひとえに君のおかげだ」

「フェリクス様……」

まさかお礼を言われるとは思わなかったため、私は驚いて目を見開いた。

10年前、私のお腹にいるのはフェリクス様の子だと言い切って以降、彼との関係はずっと気まずいものだった。

その原因が、彼の望む答えを返せなかった私にあることは明白だったため、どうして私は上手く立ち回れないのかしらと自己嫌悪に陥っていたのだ。

それなのに、彼はそんな私を間違っていないと言ってくれた。

そのことがすごく嬉しくて、自然と笑みが浮かぶ。

「フェリクス様、そう言ってもらって嬉しいわ。10年前の私はあなたの機嫌を損ねてばかりだったから、どうしてもっと上手くやれないのかしらと自分が嫌になっていたの」

フェリクス様はとんでもないとばかりに目を見開くと、焦った様子で言い返してきた。

「決してそんな風に考えるものではない！　何度も言うが、君に悪いところは一つもなかった！　問題があったのは私で、思い込みが激しく、頑固で、融通が利かないどうしようもない夫だったのだ!!」

「まあ、……私の子どもの父親を悪く言わないでちょうだい」

あまりに酷い言葉ばかりを並べられたので苦情を言うと、フェリクス様は驚いた様子で目を瞬かせる。

それから、何とも言えない表情で頷いた。

「……君の言う通りだ。私たちの子どもの父親を悪く言うものではないね」

フェリクス様は私に同意すると、私の両肩に手を置いて至近距離で見つめてきた。

「ルピア、10年前の私は言ってはならないことを言って、酷く君を傷付けた。だから、君は今もって傷付いている。君は10年前のやり直しをさせてくれたが、それくらいで君の傷が癒えるとは思っていない。少なくとも……私には君が妊娠していることをあまり楽しめていないように見える。それは10年前の私が酷かったせいだ」

「妊娠していることを楽しんでいない？」

思ってもみないことを言われ、私は目を瞬かせる。

それから、フェリクス様の言葉について考えてみた。

……そう言われれば、子どもができたと浮かれてもいいのに、私は落ち着いているわね。

私が大人になったからだと考えていたけれど、10年前のトラウマから無意識のうちに妊娠状態から目を逸らしていたのかしら。

「一朝一夕に解決できるとは考えていないが、私は君の妊娠は喜ばしいものだと伝え続ける。そして、私が父親になることをどれほど喜んでいるかを伝えるよ。だから、君にもこの素晴らしい状況を楽しんでほしい」

フェリクス様の前向きな言葉を聞いて、私はすごく嬉しくなった。

彼の言う通り私は傷付いていたし、色々と消極的になっていたのかもしれない。

けれど、私自身はその状態に気付いておらず、そのままにして過ごしていた。

一方のフェリクス様は自分でも気付かなかった私の状態に気付いて、私を元気にしてくれるのだ。

「ありがとう、フェリクス様。きっと、明日の私は今日より元気になるわ」

そう言うと、私は彼に向かって微笑んだのだった。

The self-sacrificing witch is misunderstood by the king and is given his first and last love.

by TOUYA

第4章

女神の系譜

The self-sacrificing witch is misunderstood
by the king and is given his first and last love.

37・大聖堂訪問

私がディアブロ王国を訪問する話はとんとん拍子に進み、二週間後には母国に向けて出発することになった。

往診に来た侍医は、私の体調は順調に回復しており、問題は見当たらないと言ってくれた。

それから、旅行の際は疲れをためないよう、馬車を止めて定期的に休憩を取るようにとアドバイスしてくれた。

お腹の赤ちゃんも診察してもらい、元気だと言われたけれど、実のところお腹が膨れてこないことが気になっていたため侍医に尋ねてみる。

その際、フェリクス様に私は妊婦状態を楽しめていないと言われたことを思い出した。

それから、これまでは今のように気になることがあっても、侍医に尋ねもしなかったとも。

……フェリクス様の言った通り、これまでの私は妊婦であることから目を逸らしていたのかしら？

難しい顔で黙り込んでしまった私は、赤ちゃんのことをものすごく心配していると誤解されたようで、侍医は安心させるかのように微笑んだ。

「何事にも個人差があります。王妃陛下はお腹が膨れないタイプなのでしょう。だからといって、最後まで膨れないはずはないので、いずれは見て分かるほどに大きくなるでしょう」

「そうなのね」

赤ちゃんが元気ならば、お腹が膨れていようがへこんでいようが些末事だ。

ただ、母国に戻って妊娠の報告をする際、私の平べったいお腹を見た家族が、赤ちゃんは元気に育っているのかと心配するかもしれない。

「あるいは、私の子どもだから赤ちゃんも小さいのね、と言われるかもしれないわ」

ディアブロ王国に住む家族の中で、私一人だけ背が低かった。

フェリクス様も背が高いから、皆に囲まれたら私の身長の低さが際立ってしまうに違いない。

私はお腹を撫でながら、赤ちゃんに話しかける。

「あなたはいつか、びっくりするくらい大きくなるかもしれないわね。あなたが大きくなり過ぎて、私が扉から出られなくなったらどうしましょう？」

私の言葉を聞いた侍医とミレナは顔を見合わせると、同じようなことを言ってきた。

「それほどお腹が大きくなることは決してありませんが、もしも王妃陛下が扉をくぐることに不自由を感じられる日が来ても、国王陛下が問題を解決されると思います」

「ええ、むしろルピア様が不自由を感じる前に、扉が一回り大きい物になるはずです」

「そんなに簡単に扉は取り替えられないと思うわよ」

私は驚いて言い返したけれど、二人は無言を保ったまま、決して前言を撤回しなかった。

そのため、我が国の王様は身近な者に性格を誤解されているのじゃないかしら、と彼の評判が心配になる。

そんな私に向かって、侍医が穏やかに続けた。

「本日の外出についても問題は見当たりません。当初の予定通り、午後から視察に行かれてくださ い」

私の体力が戻ってきたこともあり、本日は午後から王宮の外に出掛ける予定になっていた。

名目は視察で、視察先は大聖堂だ。

その後の朝食の席で、その話になったのだけれど、フェリクス様も視察に同行する予定だとさらりと告げられたため、私は驚いて目を見張った。

「まあ、それは……少し過保護じゃないかしら?」

フェリクス様が私の視察に同行するのは、私が心配だからだろう。

けれど、視察には多くの騎士と事務官が同行するのだ。

フェリクス様まで付いてきてもらう必要はないはずだ。

そう思ったけれど、フェリクス様は言い聞かせるような声を出した。

「この国の多くの者は『虹の女神』を信仰している。彼らは息を吸うのと同じくらい自然に女神を

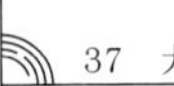

信仰しているし、その思いは強い。彼らの本拠地である大聖堂を訪問するのだ。過激な思想の者がいるかもしれず、何が起こるか分からないから、用心したとしてもし過ぎることはない」

続けて、フェリクス様は「君は王妃だから、どうしても一定数の護衛が必要になる。窮屈な思いをさせてすまない」と申し訳なさそうに言ってきた。

彼は一般論のような形で説明したけれど、多過ぎるほどの護衛を付けるのは、私の白い髪が原因だろう。

虹の女神を信仰するスターリング王国では、虹色の髪を持つ者が尊重される。

そのため、これまでこの国の王妃は例外なく虹色髪だったし、フェリクス様の相手にも当然虹色髪の女性が期待されていたはずだ。

だから、大聖堂にいる者たちが虹色髪を持たない私を歓迎しないのではないか、とフェリクス様は心配しているのだ。

そして、3色の虹色髪を持つフェリクス様が付いてくることで、私の盾になろうとしてくれているのだろう。

「フェリクス様、あなたが褒めてくれた白い髪が私は好きよ」

フェリクス様を見つめながらそう言うと、彼は未だ心配そうな様子を見せながらも、どこかほっとしたように微笑んだ。

そのため、心配しなくても大丈夫よとの気持ちを込めて、私も微笑んだのだった。

◇◇◇

王都にある大聖堂は、スターリング王国内に多数ある教会を束ねる総本山で、12年前にフェリクス様と結婚式を挙げた場所だ。

足を踏み入れるのは結婚式以来ね、と思っていると、フェリクス様が眩しそうに私を見つめてきた。

「ルピアは今も結婚した時と同じ17歳のままだから、そんな風に淡い色のドレスを着ていると花嫁衣装のように見えるね」

大聖堂を含む教会が信仰しているのは『虹の女神』だ。

当然のように虹色髪を敬う傾向があり、その一環として、虹色髪を持たない者たちは大聖堂を訪れる際に髪を隠すという。

その慣習に従って、淡い色のベールを被ってきたことが、私を花嫁のように見せたのかもしれない。

そう考えながら何気なくフェリクス様を見上げると、普段以上に王の貫禄に溢れた姿が目に入って息を呑んだ。

人前に出るとあって、着用している物が普段より煌びやかなことも理由の一つだろうけれど、フエリクス様の表情も雰囲気も、従える者特有の覇気を放っていたのだ。

私は嫁いできた頃とほとんど変わらないのに、フェリクス様は私が眠っている間に、押しも押されもせぬ立派な王になったのだわ。

そのことをまざまざと感じ取り、少しだけ寂しい気持ちになって口を開く。

「変わらない私と違って、フェリクス様はこの12年で立派な王になったのね。初めて会った時のあなたがこうだったならば、恐れ多くて怖気づいていたかもしれないわ」

正直な感想を述べると、フェリクス様は慌てた様子で私の手を取ってきた。

「ルピア、私はちっとも怖くないよ。いつだって君に優しくしたいと思っているのだから」

久しぶりに王宮外に出た解放感からか、悪戯心が湧いてきて、私はフェリクス様に向かってぺこりと頭を下げた。

「国王陛下、年若くて未熟ですけど、どうか可愛がってくださいね」

「……君以外を可愛がろうとは思わないよ」

フェリクス様は私の手を自分の腕にかけると、長い広場を歩く間ずっと隣に寄り添ってくれた。

その際、ふと見上げた先の大きな木の枝に鳥の巣が見える。

「まあ、フェリクス様、冬なのに雛がいるわ」

「非常にいいものを見つけたね。あの鳥は春から秋にかけて卵を産むが、冬に産むことは滅多にない。そのため、冬に雛を見つけた者には幸運が訪れるとの言い伝えがあるのだ」

「そうなのね」

「私の妃にとびきりの幸運が訪れますように」

そう言って微笑むフェリクス様が、きらきらと輝いて見える。

まあ、私の目は一体どうしてしまったのかしら。

久しぶりの外出だから、陽の下ではまだ目のピントが合っていないのかしら、と思っている間に大聖堂に到着する。

入り口では教会トップの大主教が、直々に私たちを出迎えてくれた。

大主教はフェリクス様と同じくらいの年齢の、整った顔立ちをした男性だ。

『虹の女神』に仕える大主教だから虹色髪をしているのかしらと思ったけれど、ベール付きの帽子（クロブーク）で髪が隠れていたので、髪色は分からなかった。

彼は彫刻のような整った顔に綺麗な微笑みを浮かべると、両手を広げて出迎えてくれる。

「お初にお目にかかります。昨年大聖堂の大主教に就任しました、デジレ・ダルトワと申します。偉大なる国王陛下と王妃陛下をお迎えすることができて、非常に嬉しく思います」

フェリクス様が無言のままデジレ大主教の服を見つめると、彼は何かに気付いた様子で口を開いた。

「国王陛下をお迎えするのに、1色の祭服で申し訳ありません。忙しくしていたため、衣装を着替える時間が取れませんでした。謹んでお詫び申し上げます」

王族を迎える際には、3色以上を使用した祭服を着用する決まりになっている。

そのことは承知しているだろうに、平然と1色の祭服を着用して現れた大主教は、態度こそ丁寧なものの、心の底ではこちらを敬っていないように思われた。

フェリクス様もそのことは感じ取っているようで、頷くことで返事に代える。

「私の妃に大聖堂の中を案内してくれ」

フェリクス様の言葉を聞いたデジレ大主教は、じっと私のベールを見つめてきた。

髪を隠す慣習は分かっていたものの、大主教に隠し事をする気持ちにはならず、頭からベールを取って挨拶する。

「初めまして。今日はよろしくお願いするわ」

私の髪を見た大主教は驚いた様子で目を見張ると、信じられないとばかりに呟いた。

「本当に……髪の全てが白いのですね。噂には聞いてはいましたが、まさか本当に白い髪とは思いませんでした」

『虹の女神』を信仰する国の国王が、虹色髪以外の妃を迎えたことに驚いているのだろう。

そう思ったけれど、不思議なことにデジレ大主教の言葉に蔑む調子はなかった。

だからなのか、フェリクス様も穏やかに答える。

「ああ、我が国が誇るレストレア山脈の積雪のように白くて美しい髪だろう？」

デジレ大主教は私の髪に目を留めたまま、はっきりと頷いた。

「……そうですね。とても美しい髪です」

その言葉を聞いて、教会のトップである大主教に受け入れられた気持ちになり、ほっと体から力を抜く。

一方のフェリクス様は、満足した様子で目を細めると私の手を取った。

それから、デジレ大主教に続く形で、フェリクス様と私は大聖堂に入っていったのだった。

◎ ◎ ◎

静まり返った大聖堂の中、私たちの足音がかつりかつりと響く。

その場所はとても広く、天井も高かった。

天井や壁には多くの装飾が施されており、祭壇近くの壁には色とりどりのステンドグラスがはめ込まれている。

結婚式の時には周りを見回す余裕がなかったけれど、こんなに美しい建物だったのね、と私は感嘆のため息をついた。

案内されるまま足を進めると、祭壇の背後に黄金の縁取りをした巨大なパネルが見える。

「まあ、見事な三連祭壇画ね」

私の言葉通り、目の前に見えるのは三枚の絵がはめ込まれたパネルだった。

『虹の女神』を信仰するスターリング王国の大聖堂だけあって、真ん中の大きな絵には『虹の女神』が描かれている。

左右にある比較的小さな絵には、それぞれ『積雪を抱いたレストレア山脈』と『多くの作物が実る肥沃な大地』が描かれていた。

それはとっても見ごたえのある祭壇画たったけれど、真ん中の大きな絵は私が思っているものと異なっていたため、戸惑って瞬きする。

「……モノクロ？」

「ああ、『虹の女神』を描いた絵はどれも、白と黒のみで描かれている」

私の隣に立ったフェリクス様が、同じように祭壇画を見上げながら答えてくれた。

私は驚いて、もう一度『虹の女神』の絵を見つめる。

左右に展開する『レストレア山脈』と『肥沃な大地』は鮮やかな色彩で描かれているのに、真ん中の女神の絵だけは白と黒だけで描かれていたからだ。

「『虹の女神』は常に私たちの心の中にいます。静かに心を落ち着けて女神の絵を見れば、あるべき色が浮かび上がってくるはずです」

私の背後に立つデジレ大主教がゆったりとした口調で絵の説明をしてくれる。

大主教の言葉に従って、静かな心で中央の絵に視線をやると、頭にベールを被った『虹の女神』がこちらを見つめていた。

祭壇画に描かれた『虹の女神』はくるくるとカールした長い髪を持つ、慈愛に満ち溢れた女性の姿をしていた。

その髪には色が付いていないけれど……人々には間違いなく、鮮やかな虹の7色に見えるのだろう。


赤、橙、黄、緑、青、藍、紫。


その全ての髪色を持つ女神はどれほど美しいのかしら、と思いながら大主教に話しかける。

「私は初めて『虹の女神』を目にしたけれど、慈愛に満ちたとても優しい表情を浮かべられているのね。女神の鮮やかな7色髪は、とてもお美しいでしょうね」

実際に7色で描かれた絵を見るのでなく、頭の中で鮮やかな色を補完する方が、美しい髪色を想像できる気がする。

そう思っての言葉だったけれど、デジレ大主教はにこりと微笑んだ。

「そうですね。それがどのような色であれ、皆様が『虹の女神』の美しい髪だと思い浮かべたものが、その方にとって最上の色なのでしょう」

「まあ、素晴らしく自由な考えですね」

つまり大主教は、7色の虹色髪を想像したのであれば7色が、3色の虹色髪を想像したのであれば3色が、その者にとって最上の色だと言っているのだ。

『虹の女神』が7色の髪を持っているのであれば、「女神の髪色は7色だ」とはっきり示した方が権威を示せるだろうに、見る者の想像力に委ねようと、敢えてモノクロの絵にしてあるのだろう。

慈愛溢れる女神を信仰する教会の考え方として理想的だわ、ともう一度女神の絵に視線をやったところで、私の動きがぴたりと止まった。

なぜなら女神の隣に立つ動物の姿に目が釘付けになったからだ。

「……バド？」

思わず口から言葉が零れる。

女神の隣に描かれたふさふさの毛を持つ、大きく美しい動物の姿は――私のお友達である聖獣バドにそっくりだった。

❁　❁　❁

「どうしてバドが女神の隣に描かれているの？」

驚きのあまり呟くと、フェリクス様がすかさず答えてくれた。

「女神の隣に描かれているのは君の聖獣でなく、『虹の女神』が従えていた聖獣だ」

「えっ、でも……」

女神の隣にいる聖獣はバドそっくりだ。

「そうだね、とてもよく似ている」

フェリクス様が頷く姿を見て、私はふとフェリクス様はこの絵を見せるために大聖堂に付いてきたのではないかしらという気になった。

そもそもクリスタに勧められて大聖堂を訪問することにしたのも、バドがらみだったわ……と先日のお茶会のことを思い出す。

新たな『虹の乙女』の話を聞いて感心していた時、クリスタが『バド様の卵を持って生まれてきたお義姉様の方が、よっぽど大切な存在だと思うわよ』と言ってきたのだ。

続けて、バドとこの国のかかわりについて聞かれたから、関係はほとんどないはずだと答えると、クリスタは大聖堂を訪問するよう勧めてきた。

素直に同意したところ、彼女はよく分からないことを言ってきたのだ。

『お義姉様がやりたいことを止めはしないけど、できるならずっとこの国にいてほしいわ。だから、もしかしたら大聖堂で何かを見つけて、この地との縁が深いことを知ってもらえるかもしれない、と期待しているの』

どういうことかしら、と尋ねた私にクリスタは自分もよく分からないのだと答えた。

『ふと思い出したことがあって、もしかしたらそのこととバド様は関連があるのかもしれないと思ったの。ただ、お義姉様は知らないみたいだから、実際には関係ないのかもしれない。私にも分からないことだから説明できないわ。いずれにせよ、大聖堂に行けば分かるはずよ』

クリスタは幼い頃から何度も大聖堂を訪問しているから、もちろん女神の絵を見たことがあるはずだ。

その際、女神の隣に描かれた聖獣の絵を目にしていて、バドとそっくりなことに思い至り、何か関係があるのではないかと考えたのだろう。

恐らく、フェリクス様も同様で、だからこそ忙しい合間を縫って、今日の大聖堂訪問に同行してくれたに違いない。

「フェリクス様、ここに描かれている聖獣はバドそっくりに見えるわ。でも、バドは私と一緒に生まれてきたから、この絵が描かれた頃にスターリング王国にいた聖獣とは別物のはずよ」

「そうだね。しかし、全くの無関係だと言い切るには似過ぎている。それに……」

フェリクス様は気遣うように私を見ると、言葉を続けた。

「女神が従えている聖獣には名前がある。守護聖獣『陽なる翼（バド・ラ・バトラスディーン）』というのだ」

「えっ！」

それはバドの正式な名前だ。

こんな偶然の一致があるはずない。

ということは、バドと『虹の女神』の聖獣は関係があるのだろうか。

困惑して見上げると、フェリクス様は落ち着いた声を出した。

「ルピア、今すぐ何か結論を出そうというのではない。そもそも情報が不足し過ぎていて、正しい結論を出せそうにもないからね。ただ、君自身が『虹の女神』と関係があることを知っておいてほしかったのだ」

「私が『虹の女神』と関係があるの？　バドではなくて？」

疑問に思って聞き返すと、フェリクス様はきっぱりと言った。

「守護聖獣『陽なる翼（バド・ラ・バトラスディーン）』の卵を持って生まれてきたのは君だ。君は『虹の女神』と関係があるのだと、私は考えている」

「私が『虹の女神』と関係があるんですって？」

びっくりして、思わず聞き返す。

そんなことがあるものかしら。私の髪は白色で、虹色ではないのに。

動揺している私を見かねたのだろう。

フェリクス様は優しく私を抱きしめると、普段よりも低い声を出した。

「ルピア、君が眠り続けていた間、私はこの国を君のために作り替えようと決意した」

「えっ？」

この国を作り替える？

「その際に最も重要視すべきは、『虹の女神』信仰だと考えた。『虹の7色の髪色を持つ者が尊い』と考える者たちは、君の白い髪を敬わないかもしれない。そうだとすれば、そんな思想はなくしてしまうべきだと」

私はびっくりして彼の胸から顔を上げる。

「まあ、フェリクス様、それはダメよ。『虹の女神』信仰は国民の生活の一部になっていて、皆にとって必要なものだわ。なくてはならないものだから、その思想の一部を……たとえば、虹色の髪を尊ばないように変更しようとしたら、人々は耐えがたく感じるわ」

フェリクス様はその通りだと頷いた。

「ああ、君の言う通りだ。『虹の女神』信仰を変えることは簡単ではないし、国民の多くは反発し、不満に思うかもしれない。しかし、それでもやるつもりだった……君の聖獣と『虹の女神』の聖獣の類似性に気付くまでは」

フェリクス様は一旦言葉を切ると、じっと私の顔を見つめてきた。

「ルピア、……我が国の女神信仰は君のためのものかもしれない、と私は考えたのだ」

とんでもない話を聞かされ、私はごくりと唾を飲み込んだ。

私が『虹の女神』と関係がある、というのはこれまで考えたこともない荒唐無稽な話だ。

だって、私の髪は虹色でないのだから。

「フェリクス様、私の髪は白色だわ。『虹の女神』と関係があるのならば、私の髪は虹色のはずよ」

「……その辺りの事情は、おいおい明らかになるのではないかな」

フェリクス様はそう言うと、黙って話を聞いていたデジレ大主教に視線を向ける。

「デジレ大主教、君は『虹の女神』について何を知っている？」

大主教は許しを請うかのように頭を下げた。

「現時点で私から申し上げられることは、何もございません」

「ここまで聞いたのに口を噤もうというのか」

フェリクス様は非難するかのような言葉を口にしたけれど、大主教は無言のまま頭を下げ続けていた。

その姿を見て、フェリクス様は考えるかのように目を細めたものの、それ以上追及することはなかった。

代わりに、この場で聞いたことについて他言無用を誓わせる。

「君の沈黙は、今はまだ話す時期ではないのだと解釈しよう。ところで、君は日々、人々の告解を聞いている。他人の秘密を胸のうちに収めるのが仕事だ。私が話したことも胸の内に収めてくれるのだろうな」

「もちろんでございます」

深く頭を下げるデジレ大主教の態度が、先ほどまでとは違っているような印象を受ける。

大主教の口調が、細かい仕草が、……まるで突然、フェリクス様への尊敬の念が生まれたかのように、より丁寧になったかのように思われたのだ。

多分、フェリクス様はデジレ大主教にわざと話を聞かせたのだろう。

王権と教会の力は別のもので、それぞれ独立している。

正面切って「王妃に助力してくれ」と頼んでも、教会が聞いてくれるはずがない。

だから、フェリクス様はバドの話をすることで、『虹の女神』と私は何らかの関係があるのだと仄めかし、教会が私の味方になることを期待したのだろう。

虹色髪を尊しとする教会が、虹色髪を持たない私を大切にするはずはないから、その状況を打開するためにフェリクス様は一計を案じてくれたのだ。

でも、虹色髪を最上とするのは、『虹の女神』信仰の根幹だ。

教会が白い髪の私を支持することは難しいのじゃないかしらと思っていると、フェリクス様は私の頭にぽんと手を乗せた。

「教会は『虹の女神』についての真の言い伝えを、創世以来ずっと秘し続けているとの噂がある。今回、私が聖獣の話を打ち明けたから、代わりに言い伝えを教えてもらえるかと思ったが、そう簡単にはいかないらしい」

フェリクス様は私に向かって話をしているけれど、実際にはデジレ大主教に向けて発した言葉なのだろう。

大主教はそのことを理解しているようで、さらに深く頭を下げた。

フェリクス様はそんなデジレ大主教に視線をやった後、警告するような声を出す。

「デジレ大主教、賽は投げられた。ルピアがスターリング王国国王たる私のもとに嫁いでくれたことで、全ては動き出したのだ。それなのに、君はそこで動きもせず、成り行きを見守るつもりか？」

大主教はゆっくりと顔を上げると、正面からフェリクス様を見つめた。

「……私は私の役割を理解しております。役割を果たすために与えられた立場です。必要な時が来れば、身命を賭してでも役割を果たします」

その場にぴりりとした空気が流れる。

フェリクス様はデジレ大主教の真意を確認するかのように鋭い目で見つめたけれど、同じように見返してくる大主教を見て、満足したような笑みを浮かべた。

それから、もう一度表情を引き締めると、「大聖堂の案内、ご苦労だった」と退出する旨を告げる。

すると、デジレ大主教は自ら近付いてきて、私たちの前で立ち止まった。

「フェリクス国王陛下、ルピア王妃陛下、本日は大聖堂をご訪問いただき誠にありがとうございます」

それから、大主教は私に顔を向けると、温かな声で続ける。

「王妃陛下、大聖堂はいつでもあなた様をお待ちしております。ほんのわずかな時間でも構いませんので、もしもまた大聖堂を訪れたくなられた場合は、いつでもご訪問ください」

私たちを出迎えた時に見られたデジレ大主教の慇懃無礼な態度は、完全に消え失せていた。

そのことにほっとしながら、私はまた訪問すると約束すると、デジレ大主教と別れたのだった。

並んで出口に向かいながらフェリクス様を見上げると、彼は何か考えているような表情を浮かべていた。

きっと、次にやることに思いを巡らせているのだろう。

フェリクス様のことだから、何だって自分でやるつもりなのだろうけれど、彼にばかり苦労させるわけにはいかない。

もしも私が『虹の女神』と関係があるとしたら、それは私の問題だ。私が自分で動き、探るべきだろう。

そう考えていると、ふと視線を感じた。

周りを見回すと、緑交じりの赤い髪の女性が目に入った。

はっとして視線をやると、『虹の乙女』であるブリアナ・バルバーニー公爵令嬢がこちらを――フェリクス様をじっと見ていた。

恐らく、『虹の乙女』として大聖堂に用があったのだろう。

だから、ここで出会ったのは偶然だろうけれど――彼女は他の一切が目に入らない様子でフェリクス様を見ていた。

頬を染め、目を潤ませているブリアナを見て、10年前の自分を見ているような気持ちになる。

……ああ、ブリアナはフェリクス様が好きなのだわ。

それは何の根拠もない直感だったけれど、なぜだか当たっているように思われた。

ブリアナは『虹の乙女』だから、様々な行事でフェリクス様と一緒になることがあるだろうし、彼は全ての乙女が憧れるような素敵な男性だ。

多くの時間をともに過ごせば、ブリアナがフェリクス様を好きになったとしても不思議はない。

不思議なのは私が今、とても重苦しい気持ちになっていることだ……。

「どうした、ルピア？」

馬車に乗ってしばらくした後、黙りこくっていた私を訝しく思ったようで、フェリクス様が心配そうに尋ねてきた。

私は自分の感情から目を逸らすと、何でもないと首を横に振る。

それから、笑みを浮かべて彼を見上げた。

「フェリクス様、大聖堂を一緒に訪問してくれてありがとう」

彼が柔らかな笑みを浮かべたので、本日の目的について聞いてみる。

「あなたが私を大聖堂に連れてきてくれたのは、私に祭壇画を見せたかったからなの？　あなたは私が『虹の女神』と何らかの関係があると考えているのよね？」

フェリクス様ははっきり頷いた。

「そうだ。しかし、どう動けば真に君のためになるのかが分からず、動きあぐねている」

どういうことかしらと首を傾げると、フェリクス様は困り切ったような表情を浮かべた。

「『虹の女神』は奇跡を起こし、我が国の大地を豊かにしてくださった。それはたとえるなら、君が私のために発動してくれた魔法のようなものだ。しかし、君の魔法は必ず自らを犠牲にしなければならない。私はもうこれ以上、君に犠牲を払ってほしくないのだ。だから、君が女神と何らかの関係があるのだと、高らかに喧伝するのもリスクがある気がしている」

フェリクス様の言葉を聞いて、私は彼の葛藤を理解する。

フェリクス様は『虹の7色の髪色を持つ者が尊い』と考える『虹の女神』信仰を何とかしたいと思っているけれど、虹の女神と私に関係があるならば、『虹の女神』信仰が栄えてこそ私が尊ばれると考えて、動けないでいる。

同時に、私が『虹の女神』と関係があると分かれば、国民は無条件で受け入れてくれるだろうけれど、代わりに私が対価を払わなければならないとしたら、関係性を明らかにすべきでないと考えて、これまた動けないでいるのだ。

申し訳ないくらい、フェリクス様は私のことばかり考えてくれているわ。

でも……。

「フェリクス様、この国では誰もが、心から『虹の女神』信仰を信じているわ。もちろん、あなたもその一人だわ。生まれた時からずっと信じてきたものを否定するのは苦しいわ。だから、『虹の女神』信仰を否定したり、変えようとしたりするのはやめてちょうだい」

それはフェリクス様自身を苦しめる行為だから。

そう真剣にお願いしたのに、フェリクス様は思ってもみないことを聞いたとばかりに苦笑した。

それから、首を横に振る。

「ルピア、人は同時に二つのものを信じることはできない。幼い頃から、私を守り救ってくれるのは『虹の女神』だと思っていたが、実際には君だった。君が私のために、ずっと虹をかけ続けてくれたのだ。だから、私が信じるのは君だけだ」

【SIDE国王フェリクス】女神の系譜

──これはルピアが眠りについて、1年ほど経った頃の話だ。

当時の私はルピアにほぼ付きっきりで、執務室に顔を出すのは週に数回程度だった。

その少ない機会において、私は鉄仮面宰相に質問した。

「ギルベルト、大聖堂に飾られている『虹の女神』の祭壇画を見たことがあるか？」

唐突な質問にギルベルトは書類をめくる手を止めたが、すぐに考えるかのように首を傾げた。

『ルピアは「虹の女神」の系譜ではないか？』

それはこの1年間、私がずっと考えていたことだ。

だからこそ出た質問だったが、ギルベルトにとっては寝耳に水のうえ、内容が間接的過ぎた。

唐突な質問に不審がるかと思ったが、彼は驚く様子もなく淡々と答えた。

「我が国の者で、『虹の女神』の祭壇画を見たことがない者はまずおりません。もちろん私も例外ではありませんので、これまで何千回となく目にしております」

祭壇画というのは宗教的題材をモチーフにした絵のことで、大聖堂や教会の祭壇の背後に設置されている。

つまり、教会を訪れた者の視界に最も入りやすい場所に置いてあるということだ。

「あの絵を見て、これまで何か疑問を抱いたことはないか？」

「物心が付く前から、ずっと見続けてきた絵です。最初から『そんなものだ』と思って見ていたので、特に感じるものはありません。しかし、フェリクス王がわざわざ質問をされたことで答えが分かったような気がします」

ギルベルトはそう言うと、手にしていた書類を机の上に置いた。

「教会には『虹の女神』以外の絵やレリーフも飾られています。そのどれもが色鮮やかな色彩を誇っているというのに、なぜか『虹の女神』の絵だけはモノクロです」

「その通りだ」

どうやらギルベルトは分かっているようだな、と思ったものの、次の言葉を聞いて肩を落とす。

「『虹の女神』がモノクロで描かれた理由は明白です！　白色の意味するところは光であり善です！　つまり、女神を表現するにはモノクロ画が最適の手法だと、当時の画家たちが判断したのでしょう!!」

「……お前は、頭はいいが閃きはないな。非常に残念な回答だ」

そう返したものの、全くヒントがない状態でギルベルトが正解に辿り着けるはずがないことも分かっていた。

そのため、私は話の方向を変えることにする。

「ギルベルト、ルピアがいつも肩に乗せているリスを覚えているか？」

「もちろんです！　王妃陛下が大切にされている、あの可愛らしい水色のリスのことですよね!!」

即答したギルベルトを見て、私は唇を歪めた。

ルピアの真実を知って以来、ギルベルトのルピア贔屓は酷くなる一方だ。

これまでの態度を180度翻し、いつだってルピアを褒めたたえるし、何にだって迎合するのだから。

今もそうで、ギルベルトは動物嫌いなのに、ルピアのペットというだけで彼女のリスをベタ褒めしている。

ただし、実際には、ルピアの肩にいるのはリスでなく……。

「ここだけの話、あれはリスではなく『虹の女神』の聖獣だ」

「……………………はい？」

ギルベルトは鉄仮面を被っているというのに、ぽかんと口を開けて間抜け面を晒している姿が見えるようだ。

そして、そういう反応になるのは当然だろうな、と心の中で納得する。

ルピアの寝室で初めて聖獣を目にし、驚いた時のことを思い出しながら、私は言葉を続けた。

「あのリスは自らの意思で自在に聖獣の姿に変化することができる。その姿は『虹の女神』の祭壇画に描かれている守護聖獣『陽なる翼（バド・ラ・バトラスディーン）』そのものだ」

「……そ、そんなことがあり得るでしょうか？」

震える声を出すギルベルトに、私は答えが分かっている質問をする。

「信じられないか？」

「もちろん信じます！　ルピア妃であれば、それがどのような荒唐無稽なことであっても全て信じます！　ああ、言われてみれば王妃陛下は正に『虹の女神』の系譜に相応しくご立派です!!」

間髪をいれずに答えるギルベルトを見て、私はため息をついた。

「……ギルベルト、いつだって全てを疑ってかかるお前の信条は、どこへ行ってしまったのだ」

答えを聞くまでもなく、『王妃陛下は例外です！』とギルベルトが返してくることは分かっていたため、私は話を続ける。

「我が国において、『虹の女神』信仰は国民の拠り所となっている。しかし、私はこれに手を加えようと考えていた。虹色髪が偏重される現状を打破することが、ルピアのためになると考えたからだ。だが……ルピアが女神の系譜であるのならば、私の行動は裏目に出るかもしれないと思い、動きあぐねている」

ギルベルトは考える様子を見せた。

「難しい問題ですね。私は間違えてばかりですから、王妃陛下に関して意見を具申することはできません。しかし、希望的観測を述べさせてもらうならば、王妃陛下が守護聖獣『陽なる翼(バド・ラ・バトラスディーン)』を従えているのも、虹をかける魔法を習得されたのも、我が国に嫁いできてくださったのも、ひとつなぎの運命のような気がします」

現実主義者のギルベルトらしからぬ言葉が飛び出てきたため、私は意外に思って問い返す。

「『ひとつなぎの運命』だと？」

もしもそんなものがあるのならば、ルピアとつながってほしいと、私は全力で祈るだろう。

この1年は、自分がいかにルピアに囚われているのかを自覚し、彼女が目覚めることだけを願う時間だったのだから。

「だが、祈るだけでは心許ないな。だからこそ、目覚めたルピアに最上の世界を用意しておきたいと、ずっと考えてきたが……私の妃は規格外過ぎて、どう対応すればいいのか分からない」

聖獣の登場で、ルピアのために動くことは、『虹の女神』の領域に踏み込むこととイコールになってしまったのだから。

そのため、『虹の女神』信仰への正しい対応が分からず、私は動くことができずにいたのだった。

　　◇　◇　◇

それから、9年の月日が経過した。

眠り続けていたルピアが目覚め、私は安堵し歓喜しながらも、薄氷を踏む思いで彼女との新たな生活を始めていた。

目覚めて以降のルピアの努力により、彼女は少しずつ体力を取り戻し、本日は初めて王宮外に出掛けたのだったが……。

大聖堂から戻り、ルピアと別れて執務室に顔を出した途端、待ち構えていたギルベルトに質問された。

「大聖堂の視察はいかがでしたか？」

私はちらりと宰相を見ると、彼が予想しているであろう答えを口にする。

「ルピアと『虹の女神』の祭壇画を見てきた。ルピアは自身と『虹の女神』との関係について、何一つ知らない様子だったな」

ルピアが長い眠りについた後、彼女からの手紙を受け取った。

その手紙には魔女の様々な秘密について書いてあったものの、『虹の女神』との関係についてては一言もなかったので、恐らく、ルピア自身が知らない話なのだろうと推測していた。その推測が当たったようだ。

「問題はデジレ大主教だ。敢えて彼の目の前でルピアと聖獣の話をしたところ、一言一句聞き漏らさない様子でこちらを凝視していた。あの反応を見るに、大主教が何も知らないということはない

だろう。しかし、正面から尋ねたところ、現時点で話すことはないと返された」

私の話はギルベルトの予想通りだったようで、肯定する様子で頷かれる。

続けて、私は教会についての推測を口にした。

「教会は長年、『虹の女神』についての真実を秘密裏に継承してきたと言われている。それがどのような内容かは不明だが、ルピアに関する話ではないかと、私は推測していた。今日のデジレ大主教の態度を見て、ますます自分の推測が当たっているのではないかという気になった」

ギルベルトはそうですねと頷く。

「王妃陛下が『虹の女神』の系譜であることは間違いないと、私も思います。教会がその件についての話を、どれほど継承しているのかは分かりませんが」

私はくしゃりと自分の髪をかき混ぜると、悩まし気な声を出した。

「私としてはルピアが女神の系譜であるなら、それがいくばくかでも証明できればいいと考えている。しかし、そのことと、彼女の出自を明らかにすることは別だ。たとえ女神の系譜として皆から傅(かしず)かれることになったとしても、ルピアが対価を支払わなければならないのであれば、やるべきではない」

ギルベルトも私の考えと同意見だったようで、大きく頷く。

私は少し考えた後、話を締めくくった。

「教会は非常に保守的だし、何事にも時間をかける。我が国の建国以来、教会内で秘してきた女神の真実を王家に伝えることを、簡単には決断しないだろうし、するにしても時間がかかるはずだ。今日は大主教にルピアを披露した。大主教はじっくりと彼女を見ていたから、何事か思うところがあっただろう。新たな動きがあったらすぐ動けるよう、大主教に見張りを付けておけ」

「承知いたしました」

ギルベルトは了承の印に深く頷いた。

これで話は終わったかと思われたが、なぜだかギルベルトは私の前から去らなかった。

それどころか、これから大事な話が始まるとばかりに、乱れてもいない襟元をしきりに触っている。

嫌な予感を覚えていると、ギルベルトは真剣な表情で見つめてきた。

「フェリクス王、一つだけよろしいですか」

その言い回しが久しぶりに聞くものだったので、私は用心して聞き返す。

「…………何だ？」

言われて思い出したが、ギルベルトの「一つだけよろしいですか」は要注意だ。

「これだけは追及しなければいけない」と問題点を一つに絞った時にのみ、発せられる言葉だからだ。

果たしてギルベルトは大股で距離を詰めてくると、激した様子で言葉を発した。

「言うまでもないことですが、ルピア王妃陛下は何不自由なく、快適に過ごされるべきです！　そのため、王妃陛下のご希望に反する行動を取るつもりは、これっぽっちもありません！　ありませんが、近々、王妃陛下がディアブロ王国に戻られるという話を聞きました!!」

「ああ……」

そうだろう。ギルベルトは宰相という地位にあるから、ルピアの予定についてはもちろん聞いているだろう。

こいつにしては、よくぞこれまで話題にすることなく我慢していたな、と驚いているくらいだ。

「できれば阻止したいという気持ちは大いにありますが、母国に戻られることが王妃陛下のご希望であれば仕方がない、とこれまで口を出さずにおりました。しかし、フェリクス王、どうやらあなた様が言い出したことらしいじゃないですか!!」

「……誰から聞いた？」

分が悪いと思った私は、質問で返すことにした。

ルピアにその話をした時、寝室には私と彼女の二人しかいなかった。

つまり、ルピアが第三者に話し、その第三者がギルベルトに話したのだろう……十中八九、クリスタだろうが。

「そんなことはどうでもいいのです！　一体なぜそんな馬鹿げた申し出をされたのか、と私は聞いているのです!!　もしも王妃陛下がそのまま母国に留まられたらどうするつもりですか!!」

「それは……」

どうにかして私もルピアの側にいるつもりだと返したら、ギルベルトが文句を言ってくることは簡単に予想できたため、口を噤む。

しかし、私の態度からギルベルトはおおよその事情を察したようで、激した調子で宣言した。

「ルピア妃が母国に戻られた際には、私は宰相職を辞します！　そして、ディアブロ王国の大使になります!!」

「おま、そんなの許可するわけがないだろう!!」

「なぜですか？　私は完璧にディアブロ王国語が話せます！　それに、絶対に出しゃばることなく、ルピア妃の目につかないところでお役に立てるよう尽力します！　私は人生を懸けて、ルピア妃への贖罪を果たさなければならないのです!!」

突っ込みどころはたくさんあったものの、ギルベルトの気持ちも分かるため、敢えて反論することなく把握できている現状を述べる。

「確かにルピアとともにディアブロ王国を訪問する予定だが、それは妊娠の報告を兼ねた一時的なものだ。必ず戻ってくる」

「なぜそう言い切れるんですか！　ルピア妃は先日、スターリング王国をじっくり見た後にディアブロ王国へ戻ると宣言されたんですよ！　そのタイミングが今回じゃないと、なぜ言えるんですか!!」

「ぐう、それは」

もっともな指摘に口ごもっていると、ギルベルトは血走った目で私を見てきた。

「二週間！　ディアブロ王国出発まであと二週間しかありません!!　私たちはこの短い期間で、何としてでも王妃陛下のお心を摑まなければならないのです!!」

ギルベルトめ、無茶を言うと思ったが、彼の言葉通りに実行することが最上であることは疑いようもなかった。

そのため、私は了承の気持ちを込めて頷いたのだった。

38・ハーラルトのアプローチ

その日、私は温室内に設置してある椅子に座り、花を眺めながら温かい紅茶を飲んでいた。目の前の花の名前は何だったかしらと考えていると、私を冷やかす声が響く。

「ルピアはモテモテだねー」

どうやら声の主は、つい先日『魔女の相棒に専念する』と宣言してくれた私の聖獣のようだ。私の味方のはずの聖獣が私をからかっているわよ、とテーブルの上のバドを呆れて見下ろす。

「バド、からかうのはやめてちょうだい」

苦情を言ったというのに、バドはおかしそうに笑い声を上げた。

「ふふふ、からかっているのではなく事実だよね。フェリクスはいつものことだけど、最近はクリスタやハーラルトまでルピアにべったりとくっついて、離れようとしないじゃないか。さらにここ数日は、遠く離れた場所からギルベルトやビアージョまで熱視線を送ってくるし」

「いえ、それは」

私は反論しようと口を開きかける。

バドの言う通り、なぜだか突然皆が私を構うようになったのだけれど、ミレナの言葉を聞いて腑に落ちたのだ。

『理由はルピア様がディアブロ王国を訪問されることにあります。皆様はもしかしたらもう二度と、ルピア様がこの国に戻ってこないかもしれないと恐怖しているのです。ですから、この国に戻ってきてもらうために、少しでもこの国や人に愛着を持ってもらおうと、必死になっているのです』

そんな風に心配しなくても、私はこの国に戻ってくるわ。

と、そう思ったけれど……思い至ることがあって、はたと動きを止める。

そうだわ。私は妊娠しているから、もうすぐお腹が目立ってくるはずだ。

そうなれば、スターリング王国の国民たちは、私が王妃としてこの国に留まり、フェリクス様の隣にいることを望むだろう。

だから、私がディアブロ王国で暮らしたいと考えるのであれば、妊娠していることを知られていない今が、母国に戻る一番いいタイミングなのだ。

「……私が母国で暮らしたいならば、あと一週間ほどで決断しなければいけないということね」

スターリング王国から母国まで移動するには、片道二週間ほどかかる。

何度も行き来できる距離ではないから、私は早めに決断しないといけないのだ。

無言で考え込んでいると、温室の扉が開いてハーラルトが入ってきた。

「お義姉様、花を見ているの？　僕も一緒に見てもいい？」

ハーラルトを見たバドが、ほら、やっぱりモテモテじゃないか、とばかりに尻尾をぴこぴこと動かす。

そんなからかう気満々のお友達を見て見ぬふりをすると、私はハーラルトに大きく頷いた。

「ハーラルト、もちろんいいわよ」

ハーラルトは後ろ手に扉を閉めると、両手で自分の体を抱きしめて、ぶるりと震える真似をする。

「温室の扉を開けようとしたら、お義姉様の『母国で暮らす決断』とか何とかって言葉が聞こえたから、ゾッとしちゃったよ。恐怖で体の芯まで凍えたから、温かい紅茶でも飲まないと体が温まりそうにないや」

まあ、私の独り言を聞かれてしまったのだわ、と思いながら眉尻を下げる。

「ハーラルト、それは……」

「うん、分かっているよ！　スターリング王国には僕がいるから、ディアブロ王国を訪問した後にお義姉様がちゃんとこの国に戻ってきてくれるってことは！　僕、待っているからね」

ハーラルトはまるで子どものようなことを言うと、テーブルの上にあったクッキーを摘まんでひょいっと口の中に投げ入れた。

そんな彼を見て目を丸くしたものの、私はすぐにくすくすと笑い出す。

彼は時々こんな風に、子どものような言動を取る。

私は幼いハーラルトと一緒に過ごしたから、私が小さな彼に弱いと知っていてわざとやっているのだ。

自分の可愛さを前面に出すような真似は、フェリクス様には絶対にできないわね。

そう思いながら、私はハーラルトとお茶の時間を楽しんだ。

先日の告白が衝撃的だったため、ハーラルトとの接し方に悩んだりもしたけれど、告白後に訪ねてきた彼は幼い少年のようにしょげていた。

「ルピアお義姉様、この間はお兄様の前で挑戦的な態度を取ってごめんね。側にいたお義姉様が嫌な気持ちになるのに気付かずに、衝動的な行動を取ってしまったことをすごく反省している」

それから、ハーラルトは私の手を取ると、熱心に言い募ってきた。

「でも、僕の気持ちは本当だからね。それだけは信じて」

「……ええ、分かったわ」

日が経って冷静になったからなのか、私はハーラルトの言葉を落ち着いて受け止めることができた。

他人の心は推し量ることしかできないけれど、ハーラルトが私に対して感じているのは姉弟愛じゃないかしら、と密かに思う。

ただ、本人は恋愛的な愛情だと信じている様子だし、私も色恋に詳しいわけではないので、自信を持って言えることではないのだけど。

そんな風に考えながらハーラルトを見つめると、彼はにこにこして美味しそうにクッキーを食べていた。

　アーモンドが載った最後の一枚を、バドと取り合っている。

　楽しそうねと思いながら微笑んでいると、ハーラルトが「そういえば」とこちらを見てきた。

「今日の夕方、クリスタ姉上がルピアお義姉様の部屋を訪ねるって伝言を預かってきたんだ。何でも珍しい本が手に入ったから、お義姉様に見せたいんだってさ」

「それは楽しみね。クリスタは昨日も珍しい布地を持ってきてくれたのよ」

　ハーラルトはおかしそうに微笑んだ。

「クリスタ姉上はお義姉様の今後について、『お義姉様の好きにしたらいい』と物分かりのいいことを言っていたよね。けれど、いざお義姉様が母国に帰るかもしれないとなったら、看過できないことに気付いたんじゃないかな。だから、必死でお義姉様を引き留められるような楽しいことを探しているんだよ」

「そうなのかしら」

　ミレナにも指摘されたことだったので、否定することなく頷くと、ハーラルトは頭の後ろで腕を組んだ。

「そうだよ。同じように兄上だって、あれほど厳しく僕にお義姉様への接近禁止を言い渡していたのに、あっさり撤回したからね。どんな形であれ、お義姉様をこの国に引き留められればいいと考え直したんじゃないかな」

軽い調子で話をするハーラルトに、私はそうではないと首を横に振った。

「そうじゃないわ。フェリクス様はハーフルトを信用しているのよ。相手があなたでなければ、フェリクス様は前言を撤回しなかったはずよ」

ハーラルトはびっくりしたように目を丸くする。

「そうかな？」

「ええ！」

自信を持って頷くと、ハーラルトはしみじみと呟いた。

「……そうか」

彼の頬は赤くなっており、自然と口角が上がっている。

多分、フェリクス様に信用されているのだと考えて、嬉しくなったのだろう。

けれど、ハーラルトは私の視線に気付くと、はっとした様子で表情を引き締め、話題を逸らしてきた。

「そう言えば、その後のブリアナ嬢はどう？　王宮舞踏会で無理矢理バルコニーに押し入って以降は、お義姉様を悩ませていない？」

「えっ？　え、ええ」

ハーラルトが思ってもみないことを尋ねてきたため、動揺して返事が乱れてしまう。

すると、ハーラルトは私の態度から何かを読み取ったようで、可愛らしくこてりと首を傾げた。

「何かあった？」

「ええと……何もなかったのだけど、フェリクス様と大聖堂を訪問した時に、たまたまブリアナ嬢と鉢合わせしたの。とは言っても、フェリクス様は彼女に気付いていない様子だったわ。ただ、ブリアナ嬢が熱心にフェリクス様を見つめていたから、気になっていたの」

まさかブリアナがフェリクス様のことを好きかもしれない、と言うわけにもいかず、婉曲な表現を使ったけれど、ハーラルトはあっさりと返してきた。

「ああ、それは当然だろうね。兄上はブリアナ嬢の王子様だから」

「王子様？」

どういうことかしらと首を傾げると、ハーラルトがおかしそうに言葉を続ける。

「魅力的な王子様(プリンス・チャーミング)ってやつだよ」

「プリンス・チャーミング？」

「知らない？　囚われの姫君を窮地から救い出す王子様の総称だよ。まあ、兄上の場合は王子でなく王だけどね」

ハーラルトはおどけた様子でそう言うと、クッキーを摘まんで口の中に入れた。

ザクザクと嚙み砕きながら、思い出すような表情を浮かべる。

「ブリアナ嬢には母親違いの姉君がいる。姉君は社交性がある女性だから、姉君が17歳だった6年前、社交界は彼女のものだった。一方のブリアナ嬢は姉君の陰に隠れていて、誰の目にも留まらない存在だった。ところが、その姉君がフェリクス兄上の逆鱗に触れてしまってね。遠くに追い払われてしまったんだ」

「……そうなのね」

初めて聞く話に頷いていると、ハーラルトはおどけた様子で指を回した。

「兄上にしてみたら、不躾な女性を自分の視界から追い出したというだけの話だけど、ブリアナ嬢にとっては非常に大きかった。その日から、ブリアナ嬢の世界が一変したのだからね。誰もが彼女に目を留めるようになり、最上のご令嬢として接し始めたんだ。だから、彼女にとって兄上は、彼女を悲惨な境遇から救い出してくれたプリンス・チャーミングなのさ」

ハーラルトの説明を聞いた後では、ブリアナの焦がれるような眼差しの意味を理解できるような気がする。

フェリクス様は間違いなく優しい人だから、多分、彼は意図せぬところで、その後のブリアナにも思いやりを示したのだろう。

悲惨な境遇から救い出してくれたうえ、優しくされたのであれば、ブリアナがフェリクス様に好意を抱いても不思議はない。

「ブリアナ嬢の気持ちが分かる気がするわ」

私の言葉を聞いたハーラルトは、おかしそうな表情で頷いた。

「問題は兄上にブリアナ嬢を救ったという自覚がないことだ。というか眼中にもないから、ブリアナ嬢が兄上に好意を抱いていることすら気付いていないだろうね。だから、彼女はいつまで経っても路傍の石扱いさ。あの鈍感さは兄上の数少ない欠点の一つだよ」

「フェリクス様らしいわね」

欠点という話でもないわよねと微笑んでいると、ハーラルトが呆れた様子で肩を竦めた。

「ルピアお義姉様は兄上を甘やかし過ぎじゃないの。兄上の欠点ですら、『フェリクス様らしいわ』の一言で、笑って受け入れてしまうんだから」

まあ、もちろんそんなことはないわ。

「私はハーラルトの欠点だって、笑って受け入れるわよ」

「それはどうかな。この間、雨の中で剣の練習をしていたら、『部屋に入りなさい』と有無を言わさず一喝してきたじゃないか」

「それは風邪を引くのが心配だったからよ。それに、あれはハーラルトの行動に問題があったのであって、欠点という話ではないわよね」

ハーラルトは納得がいかない様子で腕を組んだ。

「ふうん。でもきっと、兄上が同じことをしたとしても、あんな風に一喝することはないと思うよ」

「それは……そうかもしれないわね」

ハーラルトの場合は、楽しそうだしふざけているのねと思うけど、フェリクス様ならば、何か理由があるのかもしれないと行動の理由を尋ねるだろう。

私の言葉を聞いたハーラルトは、両手を広げてテーブルに突っ伏した。

「ああー、分かっていた！　結局ルピアお義姉様は兄上贔屓なんだよ」

「そんなことは……」

ないわ、と続けようとした私の言葉がぴたりと止まり、視線がハーラルトの後頭部に引き付けられた。

テーブルに突っ伏しているハーラルトの後ろ髪が、ぴょこりと跳ねたからだ。

さらには彼が頭を振るたびに、その髪がぴょこぴょこと跳ねるものだから、自然と笑い声が零れてしまう。

「うふふふ、ごめんなさい。笑う場面じゃないのは分かっているけど、あなたの後ろ髪がぴょこぴょこ跳ねるのがおかしくって」

「え、どこ？」

ハーラルトはそう言いながら、頭を右に左にと動かすので、さらに髪がぴょこぴょこ跳ねる。

笑いが止まらなくなっていると、ハーラルトが悪戯っぽい表情で見つめてきたので、まあ、わざとやっていたのだわとおかしくなる。

二人で笑い合っていると、ふと温室の入り口にフェリクス様が立っていることに気が付いた。

温室の壁面はガラスになっているので、扉の外に立つフェリクス様の姿がはっきりと見えたのだ。

何か用事かしら、と思ってフェリクス様を見つめると、遠目からでも分かるほど彼の顔色が悪かったため、驚いて立ち上がる。

そんな私の目とフェリクス様の目は確かに合ったのだけれど――彼はそのまままくるりと身をひるがえすと、その場から去っていった。

39・フェリクス様の苦悩

その日、フェリクス様は晩餐の席に現れなかった。

最近はクリスタとハーラルトとも一緒に晩餐を取っているのだけれど、その二人が「珍しい」とわざわざ発言するくらいには滅多にない出来事だった。

仕事が忙しいとのことだったけれど、眠る時間になってもフェリクス様は寝室に現れない。

私はベッドに横になると、窓越しに月を眺めた。

私が目覚めて以来、眠る時はいつだってフェリクス様が側にいてくれたから、彼の不在を寂しく感じる。

それでも、疲れた体に引きずられたようで、いつの間にか眠ってしまったけれど……。

夜中にふと視線を感じて目が覚める。

目を開けると、フェリクス様がベッドの縁に座って私を見下ろしていた。

「……喉が渇いた？」

フェリクス様は尋ねながら伸ばした手を、私の額に当てる。

熱が出たのではないかと心配しているようだ。

喉は渇いてないと返事をしながら体を起こし、私はフェリクス様に質問した。

「満月が南の空に輝いているから、今は真夜中よね。こんな時間までお仕事をしていたということは、何か問題でも起きたの？」

「いや、何もないよ」

「だったら、ディアブロ王国に行くために無理をしているの？」

「……ほんの少しだけ。今夜遅くなったのは、仕事に集中できなかったからだ」

フェリクス様はそれ以上説明しなかったので、恐る恐る温室の話をする。

「……温室の外であなたを見かけたわ。あの時、あなたはとっても顔色が悪いように見えたわ。体調を崩しているのではないかしら？」

「君は私をよく見てくれているのだね。あの時は確かに体調が悪かったが……持ち直したから大丈夫だ」

フェリクス様の言葉を聞いて、やっぱり彼は体調が悪いのだわと心配になる。

「だったら、今日は長椅子で眠るのはやめた方がいいわ」

「こんな夜に、私を追い出そうというの？」

フェリクス様の言う『こんな夜』が何を指すのかは分からなかったけれど、彼が非常に落ち込んでいることは見て取れた。

月明かりに照らされたフェリクス様は、半分以上が影になっていてその表情を読み取ることはできなかったけれど、声が愁いを帯びている。

こんなに元気がないフェリクス様を、何年も使っていない冷たいベッドで眠らせることはできないわ。

私は少し考えた後、ベッドの端に寄った。

「じゃあ、一緒に眠るのはどうかしら？」

「…………何だって？」

全く理解できない様子で聞き返してくるフェリクス様に、私はぽんぽんと布団を叩いてみせる。

「我が国の太っ腹な国王陛下がふわふわのお布団をくれたから、私のベッドはすごく快適なのよ」

フェリクス様は困ったように唇を歪めた。

「……そんな誘い文句は必要ないよ。硬い板の上で一緒に眠ろう、と君が誘いかけてきたとしても、私は頷くから」

「そう」

「ルピア、優しいことは美徳だが、君けいつかその優しさのせいで、酷く傷付くかもしれない。何があったとしても、絶対に優しさで男性を寝台に誘うものではない。……こんな慈悲は示すものじゃないんだ」

フェリクス様は話をしている途中でどんどん俯いていったため、その声もどんどんくぐもっていく。

普段とは異なるフェリクス様が心配になり、私はその手を取ってぎゅっと握りしめた。

「フェリクス様、私が優しさを示すのは、傷付けられてもいいと思う相手だけよ」

静かな部屋に、フェリクス様が息を呑む音が落ちる。

長い沈黙の後、フェリクス様は低い声で話し始めた。

「ルピア、君が眠っていた10年間、私はずっと君の側にいた。眠り続ける君は何もできなかったから、寒いと震えればブランケットを追加し、暑いと汗をかけばブランケットを減らして汗を拭った」

フェリクス様が唐突に昔語りを始めた理由は分からなかったけれど、彼が眠っている私を大切に扱ってくれた情景が見えるような気がした。

彼の話を邪魔したくなくて、短い返事をする。

「ええ」

「その状態が10年間続いたから、いつの間にか、私がいないと君がどうにかなってしまうのではないかという気持ちが生まれた」

フェリクス様の声はかすれていて非常に聞き取りにくかったため、必死で耳をそばだてる。

「私が側にいることで、君の役に立てると考えていたが、……それは私の勝手な思い込みに過ぎないのかもしれない」

フェリクス様は言葉を切ると、ぐっと唇を噛み締めた。

「君が好きだと思った相手が、君の側にいるべきだろう」

フェリクス様はそのまま黙ってしまったので、彼の言いたいことが分からず、尋ねるように見上げる。

それでも、彼は口を開かなかった。

困って目を瞬かせたところで、ふと温室で見た光景が思い出される。

それから、もしかしたらフェリクス様は私がハーラルトのことを好きだと思っているのかもしれない、という気持ちになった。

あの時、ハーラルトと私は一緒に笑っていたから、傍からは好き合っているように見えたのかもしれない、と。

「もしもハーラルトが本気で私のことを好きだと分かったら、彼に私を譲るつもりなの？」

思ったことを質問した途端、なぜだか胸の中にずしりと石を詰め込まれたような気持ちになる。

一方のフェリクス様は、痛みを覚えたかのように顔を歪めると、しばらく躊躇った後で口を開いた。

「そうするつもりはなかったし、したくはないが、……そうしなければいけないのだろうかと悩んでいるところだ」

「そう……」

発した声が普段より低く、ああ、私は落ち込んでいるのだわ、と自分の声を聞いて自分の感情に気付く。

「ハーラルトの希望であれば、拒否することは間違いないが……他ならぬ君がハーラルトの隣にいることを希望したら、私はどうすべきなのだろうと考えていた」

苦悩する様子で黙り込んだフェリクス様に、私は気になっていたことを尋ねてみた。

「でも、フェリクス様はハーラルトの接近禁止を解いたと聞いたわ。ハーラルトを信じているからこその行いでしょうけど、……彼に私を譲ってもいいという気持ちが、少しはあったのじゃないかしら」

フェリクス様は驚愕した様子で顔を上げると、強い調子で否定した。

「私が自ら君を譲ることは一切ない！　だが、ハーラルトの外見は私にとてもよく似ている。弟が君に熱心に言い寄る姿を見た時、……私も16歳の時、あんな風に君に接するべきだったと思ったのだ」

それは先日、ハーラルトがレストレア山脈からシーアの花を摘んできてくれた時のことだろうか。

フェリクス様の言葉を待っていると、彼は表情を隠すかのように俯いた。

「私は遠い国から嫁いできてくれた君の前に跪いて花を差し出し、恋の歌を捧げるべきだった」

そうしてくれたら私は喜んだろうけれど、そうしてくれなかった12年前も、私はとっても嬉しかったし幸せだった。

それに、フェリクス様もレストレア山脈からシーアの花を摘んできてくれたのだ——恋の歌はなかったけれど、それでも私はその花を受け取った時、これ以上ないほど幸せな気持ちになれたのだ。

「フェリクス様、あなたは十分私に優しくしてくれたわ。初めて一緒に朝食を取った朝、あなたは自分も甘いものが好きだと言いながら、私にデザートをくれたのよ」

「それくらい」

弱々しい様子で口元を押さえるフェリクス様に、私は言葉を続ける。

「それから、『もしも君が一日だけの王妃なら、頑張ってもらうけどね。君はこれからずっと私の妃なのだから、無理をさせてはいけないだろう?』と言ってくれたのよ。あなたは私とずっと一緒にいてくれるつもりなのだと、嬉しかったわ」

「そんなこと」

やはり弱々しい調子で短い言葉を口にするフェリクス様に、私はこれ以上誤解を生まないようきっぱりと言った。

「私は知っている人がいない国に一人で来たの。だから、とっても心細かったけれど、あなたは信頼できるミレナを私に付けてくれた。それから、忙しいのにいつだって私のために時間を取ってくれ、何くれと気を遣ってくれた。だから、私はこの国で心穏やかに暮らすことができたわ」

「そうだ、君は一人でスターリング王国に来てくれた。心細いだろうから、君のためにできることは何でもやろうと思ったのだ。当時は精一杯やっているつもりだったが、私はまだ他にもできたと思う」

頑なに自分の意見を曲げないフェリクス様を前に、どう言えば伝わるのかしら、と言葉を重ねる。

「フェリクス様、私は本当に十分なことをしてもらったわ。12年前の私はとっても嬉しかったし幸せだったのよ」

何度も同じ言葉を繰り返したからか、それともじっと彼の瞳を覗き込んで話をしたからか、フェリクス様はやっと私の言葉を受け入れる姿勢を見せた。

「……そうか。だとしたら、多分、……私が君のためにもっとしたかったと後悔しているのだ。君が喜んでくれる姿をもっと見たかったと」

それっきり黙り込んでしまったフェリクス様の手を、私はするりと撫でた。

「フェリクス様、眠くなってきたわ。でも、体調が悪いあなたを長椅子で眠らせたりしたら、気になって眠れそうにないわ。だから、私のために今日だけ一緒に眠ってくれない？」

フェリクス様はしばらく無言で私を見つめていたけれど、私の手を持ち上げると、恭しい仕草でその甲に唇を付けた。

「……どうか君の優しさに、それ以上の優しさが返ってきますように」

それから、至近距離で私を見つめてきた。

「ルピア、私はもう二度と絶対に君を傷付けないよ」

それは先ほどの私のセリフに対する返事だろう。

『フェリクス様、私が優しさを示すのは、傷付けられてもいいと思う相手だけよ』

フェリクス様は丁寧な手付きで布団をめくると、静かに私の隣に体を横たえた。

「おやすみなさい、フェリクス様」

「おやすみ、ルピア」

——その日、私は初めてフェリクス様と同じベッドで眠ったのだった。

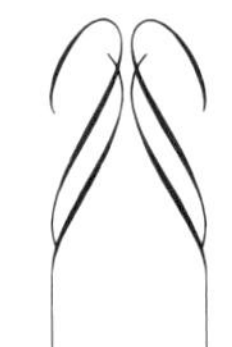

【SIDE 国王フェリクス】

抗えない妃の誘惑

月が美しく輝く夜半、私の妃は寝台の上でぽんぽんと布団を叩いてきた。

「じゃあ、一緒に眠るのはどうかしら？　我が国の太っ腹な国王陛下がふわふわのお布団をくれたから、私のベッドはすごく快適なのよ」

その言葉を聞いた瞬間、ああ、ルピアはこれっぽっちも私が抱く恋情を理解していないのだなと気付く。

私が彼女に抱く感情を少しでも理解していたら、決してこのように誘ってくることはないだろうから。

苦しい気持ちで見下ろしたルピアは、月明かりに照らされてとても美しかった。

思わず手を伸ばしかけたが、ルピアがいとけない表情で微笑んできたため、ずきりと胸が締め付けられる。

そうだ、彼女はまだ17歳でしかないのだ。

そして、ルピアが12年もの間、時を止めて眠り続けたのは私のせいだ……。

そのことを理解したため、私は伸ばしかけた手をぐっと握りしめると、乱れた感情のまま彼女を見つめたのだった。

❁ ❁ ❁

結局、ルピアとともに眠る誘惑に抗えられなかった私は、彼女の隣に体を横たえた。

すると、ルピアはまたたくまに眠ってしまった。

私は一晩中だって眠れそうにないのに、ルピアがわずかな時間で眠ってしまったことで、互いが抱く感情に大きな差異があることを見せつけられた気持ちになる。

しかし、一方では、私の隣で安心して眠ってくれたルピアに嬉しさを覚えた。

眠るルピアは17歳という年齢相応にあどけなく、嫁いできた頃の彼女を思い出させる。

いつだって頬を染め、きらきらと輝く目で私を見つめてくれていた結婚当初のルピアの姿を。

しかし、実際にはルピアが嫁いでから12年半の月日が経っており、結婚した当初と異なる部分がいくつもあった。

そう考える私の視線が、自然と彼女の左肩に吸い寄せられる――――ルピアが私の身代わりとなった際に負った、深い傷が残っている部分に。

今は服の下に隠れて見えないが、ルピアの体には12年前に負った傷痕が残っていた。

元々は私が受けた傷だ。

私がその傷を負った時、息もできないほど熱くて苦しかったことを覚えている。

その傷を――死に至るほどの傷を、彼女は自分の身に移したのだ。

ルピアの辛さはどれほどのものだったろう、と過去の彼女を想像して、ぐっと唇を噛み締めていると、ミレナに投げつけられた言葉が蘇ってきた。

『ルピア様は傷がある体を恥じておられ、あなた様には決して知られたくないとお思いでした。なぜ私が、主のお気持ちに逆らうのです？　どのみち、その傷はルピア様のご決断です。あと数か月長く眠っていれば、綺麗に消えてなくなったものを、分かっていながら目覚められたのですから』

ミレナの言葉はその通りで、非常に重く私に響いた。

そのため、私は反論することなくミレナの言葉を受け入れ、結果として、ルピアに謝罪することができなくなったのだ。

ルピアがその身に残った傷を知られたくないと望むのであれば、私は知らない顔をしておかなければならない、と。

「……私は最低だな。ルピアは体に傷が残ることを分かっていながら、少しでも早く私に会おうと、無理をして目覚めてくれた。それなのに、ルピアの体に傷が残ったことを、私は謝罪することもできないのだから。いや、そもそも10年前の私の対応は酷過ぎた……」

ルピアが眠り続けている間、私は彼女の枕元で何度も考えた。

ルピアは毒の身代わりとなる前も、私が戦場で負った怪我の身代わりとなり、2年間眠り続けた。

2年もの眠りから目覚めた後、彼女はどんな気持ちで私のもとに戻ってきたのだろう、と。

当時のルピアは心から私のことを想ってくれていたから、きっと私に少しでも早く会いたいと考え、無理をして戻ってきたに違いない。

そんな彼女に私は何をしたのか。

——ルピアが戻ってきてすぐに、彼女の妊娠が判明した。

ルピアは幸せな気持ちのまま、人生で一番喜ぶべき報告をしてくれた。

私も同じように喜ぶだろうと、ルピアは信じて疑わなかったはずだ。

それなのに、——私はそんな彼女を糾弾したのだ。

当時のことを思い出し、私は両手で顔を覆うと、声が零れぬよう唇を噛み締めた。

……もう一度あの時間をやり直せるのならば、私はどんな犠牲でも払おう。

ルピアが幸せに満ちた表情で、優しい声で、私の子が腹にいるのだと微笑んでくれるのならば。

一度も叶わなかった時間を、彼女に取り戻してあげられるのならば。

私はただただ彼女を抱きしめ、何度でも愛を乞うだろう。

——そんな風に、ルピアが眠り続ける間、ずっと希(こいねが)ってきたけれど、失った時間を取り戻せるはずもない。

それでも、何とかしたいと望む私の気持ちに寄り添ってくれたのは、ルピアの優しさだった。

彼女は決して10年前を再現できるはずがないと知りながら、私のためにやり直す機会を与えてくれたのだから。

彼女はいつだって、私に多くのものを与えてくれる。

それは、結婚した当初からずっと変わらないことで、ルピアはいつだって、私のために何だってしてくれていた。

その事実に胸が痛む。

「……ああ、君は本当に私のために何だってしてくれていた。私ももっと、君のためにできることをやるべきだった。あれから12年もの月日が流れ、私は28歳になった。今さら何をと呆れられるだろうが、私は16歳の時にやれなかったことを君にしてあげたいのだ」

幸か不幸か、ルピアは結婚した時と同じ17歳のままだから、結婚当初に与えられるべきだった多くの楽しさと幸せを彼女に届けたい。

そんな心からの望みを、眠るルピアを起こさないよう小さな声で語り続ける。

それは愚にも付かない繰り言だが、眠っているルピアに聞こえるはずはないため、言い返されることもなかった。

そのため、彼女が私の話を受け入れてくれたような気持ちになり、さらに愚痴を零す。

「だけどね、私は年を取ってしまった。10年前のように衝動的にレストレア山脈に登ることはないし、もはや髪が跳ねているというだけでは笑えない。……そもそも、髪が跳ねるような行いなどしないだろう」

結婚当初、私の跳ねた髪を話題にして、ルピアと二人で笑い合ったことを思い出しながら言葉を続ける。

それから、ゆっくりと彼女の髪を撫でた。

絶対に起こさないよう細心の注意を払いながら。

「だというのに、君はまだ10代で、何気ないことに楽しみを見つけてはころころと笑い転げる。……君はいつか、私が年を取り、退屈な男になってしまったことに気付くだろう。そして、君の周りにいる若い騎士や貴族に魅力を感じるかもしれない」

私が無茶をしない最大の理由は、ルピアに二度と私の身代わりになってほしくないからだ。

しかし、理由はどうあれ、冒険をしない私はルピアの目に退屈に映るのではないだろうか。

そのことを考えると、とても怖くなる。

そして、ルピアが年若い男性と楽しそうに語らっている姿を見るだけで、焦燥感が込み上げてくるのだ。

ルピアが新人騎士と庭の花を指差して、笑い合っているところを見て。

ルピアがハーラルトと菓子を食べながら、笑い合っているところを見て。

ただそれだけで、私は堪らない気持ちになるのだ。

彼女は若さゆえの瑞々しい感性を持っていて、どんな小さなことにでも楽しさを見つけることができるのに、私はそうではない。

もはやルピアのこと以外、これっぽっちも興味が湧かないのだから。

当然のことではあるものの、私を最も落ち込ませたのは、ルピアの頰からえくぼが失われたことだ。

12年前、私の前でだけ現れる「幸せえくぼ」の存在をルピアに教えてもらった。

ディアブロ王国に住む彼女の両親でなく、クリスタでもハーラルトでもなく、聖獣でもない。

私の前で笑う時だけに現れる特別なえくぼが、彼女の頰にあるのだ、と。

しかし、今となっては私がどれほどとっておきの場所に連れ出しても、特別なプレゼントを贈っても、考え抜いた話をしても、彼女の頰にえくぼは浮かばない。

あの特別なえくぼは失われてしまったのだ。

それは、ともすればルピアを不幸にし、彼女の恋心さえ失わせてしまった私には、もはやルピアを想う資格はないと言われているようだった。

このままルピアを自由にした方が、彼女は幸せになれるのではないか。

そんな考えが浮かびはしたが、――――私以上にルピアのことを想い、守り、預けることができる男性を、他に思い浮かべることができなかった。

「いや、これは思い上がりだな。……私がそう思いたいだけだ」

ぽつりと呟くと、私は穏やかな表情の妃を見つめた。

「私のせいで、君はしなくてもいい多くの苦労を経験した。だから、これからは毎日、幸せだけを感じて過ごしてほしい。どうか君の人生に多くの幸せが訪れますように。そして、願わくはそれらの幸せを、私が運べますように」

私は祈るようにそう囁いた。

……私は毎日、ルピアに楽しさを運ぼう。

毎日、毎日、できる限り多くの楽しさを。

その結果、彼女が毎日をとても楽しいと思い、いつの日か彼女の頬にあの幸せえくぼが戻ってきてくれたら――私は彼女が失った楽しみを取り戻せたような気持ちになれるだろう。

だから、私は妃に最高の楽しさと最良の幸せが訪れるよう全力で努めよう。

すやすやと眠り続けるルピアを見ながら、私はそう心に誓ったのだった。

◇ ◇ ◇

言うまでもないことだが、その日の夜は、私の隣で安心して眠るルピアをとても可愛らしく感じ、一睡もすることができなかった。

彼女を見つめ続けていたら、いつの間にか朝になっていたのだ。

「私は女性の外見に惹かれるタイプではなかったはずだが……ルピアはどうしようもないほど可愛

らしいから、思わず見つめ続けてしまうな」

言葉だけを聞くと自嘲しているようだが、私の顔にははっきりと笑みが浮かんでいた。

そんな風に朝日が差し込む寝室で、これ以上ないほど満足しながらルピアを見つめていたのだが、その時、彼女がふるると目元を震わせた。

はっとして息を吞むと、ルピアはぱちぱちと数回瞬きした後、うっすらとその目を開く。

美しい紫の瞳が現れると同時に、ルピアの全身が生き生きと輝き始めた。

ああ、眠っているルピアは可愛らしいが、目覚めた彼女は格別だな。

そう思いながら、私はルピアに声を掛ける。

肌が薔薇色に輝き始めた、世界で一番美しい妃に。

「おはよう、ルピア」

その日、私は初めて朝一番に妃に挨拶する幸福を知った。

「おはようございます、フェリクス様」

それから、朝一番に妃の目に私が映る幸福を。

ルピアはその美しい紫の瞳に私を映すと、しばらくの間そのまま見続けてくれた。

それは結婚して12年以上経った後の出来事で、妃とともに朝を迎える幸福に気付くにはあまりにも遅すぎたから――――何という長い間、私はこれほど大きな幸福を知らずにいたのだろうと、心から悔やんだ。

目覚めて最初に目にするものがルピアであれば、私はこの世で最も美しいものを見てから一日を始めることができる。

これまで気付かなかっただけで、私には大きな幸せが用意されていたのだ。

そう後悔する私に向かって、ルピアは目覚めたばかりのぼんやりとした様子ながら微笑んでくれた。

そんな彼女の笑みを見たことで、私の中から負の感情は全て吹き飛び、同じように笑みが浮かぶ。

……彼女が幸せでいてくれるだけで、私は幸せだった。

だから、いつの日か同じように、私も彼女の幸せになりたい、と心から思ったのだった。

40・新たな虹の乙女　2

目覚めた時、何か温かいものにくっついていたため、不思議に思って目を開けた。

すると、フェリクス様がとても優しい表情で私を見つめていた。

「おはよう、ルピア」

「おはようございます、フェリクス様」

反射的に返事をしたものの、目が覚めてくるにつれ、どうしてこんなに近くにフェリクス様がいるのかしらと不思議に思う。

状況を把握できず、目を瞬かせていると、次第に昨夜のことを思い出した。

そうだわ。昨夜、私はフェリクス様と一緒のベッドで眠ったのだった。

彼の眠りを邪魔しないよう、適度な距離を保っていたはずだけど、いつの間にかフェリクス様の側に近寄っていき、彼にぴたりとくっついていたようだ。

「まあ、ごめんなさい。私にくっつかれてあまり眠れなかったでしょう。邪魔だと押しのけてくれればよかったのに」

私は慌てて距離を取ると、彼に謝罪する。

フェリクス様は私の言葉を理解しようと、ぱちぱちぱちと何度も瞬きをした。

あら、珍しい。フェリクス様が必死になって考えているわ。

彼のこんな表情は初めて見るわね。

「私は……私の子を身籠っている妃が寄り添ってくれたのを、喜ばずに厭うのか？　しかも、邪魔だと押しのけるのか？　私は鬼かな？」

気落ちした様子で尋ねてくるフェリクス様の言葉を慌てて否定する。

「も、もちろん違うわ！」

けれど、フェリクス様の気分は上昇しなかったようで、大きなため息をつかれた。

「ルピアと同じ寝台で朝まで過ごしたら、夢のような気持ちになれるだろうと常々想像していた。まさか人でなしのように扱われ、大きな衝撃を受けるとは夢にも思わなかった。私の想像力はまだまだだな」

どうやら私の気持ちは上手く伝わっていない様子だったので、理解してもらおうと必死になって言い募る。

「フェリクス様、そうではないわ。あなたが快適に眠れるようにと、一緒に眠ることを提案したのに、あなたの睡眠の邪魔をしたのじゃないかしらと心配しているの」

話しながらフェリクス様を見ると、機嫌はよさそうなものの、残念ながら、ぐっすり眠ったような印象は受けなかった。

　そのため、思わず尋ねる。

「どうか正直に答えてね。昨晩はぐっすり眠れたの？」

「……今朝の私は、これ以上ないほど満たされている」

　フェリクス様は答えにならない返事をすると、私の側に近寄ってきて、髪を一房手に取った。

「ルピア、昨夜はずっと君の寝顔を見ていた。君は本当にあどけない表情を浮かべていたから、見ているだけで私も幸せな気持ちになれたのだ。私は君からものすごく元気をもらった。長椅子で眠るのとは全然違う。君の表情が分かるほど、触れることができるほど近くで眠ることは全然違った」

　まあ、私の寝顔を見ていたと言うけれど、それはどのくらいの時間かしら。

　おかしな顔をしていなかったのならいいけれど、たとえおかしな顔をしていたとしても、フェリクス様が元気になれたのならよしとすべきかしら。

　ううーんと考えていると、フェリクス様が指に巻き付けた私の髪に唇を付けた。

「私はこれまで何て大きな幸福を逃していたのだろうと、過去の自分の愚かさを呪いたくなったよ」

「お、大袈裟だわ」

　フェリクス様は楽しそうに笑みを浮かべると、言い返すことなくベッドから下りた。

それから、着替えるために自分の部屋に戻っていったのだけど、扉口で振り返る。

「ルピア、私は今日一日、君の瞳の色の上着を着るよ」

「えっ」

驚く私に向かって、フェリクス様は片方の目をぱちりと瞑ると、ひらひらと手を振りながら扉を閉めた。

まあ、彼は見たこともないほど上機嫌だわ。

おかしくなってくすくすと笑っていると、ミレナが入ってきて、私の準備を手伝ってくれた。

ミレナは何かを察したようで、使用されてへこんだ二つの枕をじっと見ていたけれど、言葉にすることはなかった。

代わりに、髪をとかしながら「今日は特にお肌の調子がよさそうですね」と言ってくれる。

私も鏡に映る自分を見ながら、同じように感じていたので、どうやらベッドで一緒に眠って元気になったのはフェリクス様でなく私のほうね、と申し訳ない気持ちになったのだった。


その日は、いつもと同じようにゆったりと過ごした。

普段と違ったのは、庭園を歩いていて『虹の乙女』であるブリアナに会ったことだ。

今日はいつもより足を延ばしていて、王族以外の貴族も立ち入ることができる庭園にいたのだけど、ぼんやりと花を眺めている時に声を掛けられたのだ。

「王妃陛下」

顔を上げるとブリアナが目の前にいて、膝を折って挨拶される。

「お久しぶりでございます。本日はハーフルト殿下に呼ばれて王宮にうかがいました」

陽の光を浴びて、ブリアナの赤と緑の髪がきらきらと輝く。

やっぱり虹色髪は綺麗ねと思いながら、私は小首を傾げて質問した。

「ハーラルトがあなたを呼び出したの？　近々、大きな式典でもあったかしら」

ハーラルトの用事は『虹の乙女』絡みだろう、と推測したがゆえの発言だったけれど、ブリアナはおかしそうに笑みを浮かべた。

「私が呼ばれたのは、口を噤むよう念押しされるためです。先日の王宮舞踏会で見たことを決して口外しないよう、改めて言い渡されたのですわ。ふふふ、王太弟殿下はルピア王妃のことが本当に大切ですのね」

ブリアナの口調には含みがあるように思われたため、誤解されないよう言い直す。

「ええ、家族として大切にしてもらっているわ」

けれど、ブリアナはそうではないと首を横に振った。

「いえ、私には家族愛とは違った感情に思えましたわ。王妃陛下が羨ましいです。虹の3色髪を持つ王太弟殿下にこれほど想われ、さらには虹の3色髪を持つフェリクス王と結婚しているのですから」

ブリアナは長い髪を片手で撫でながら話をするので、嫌でも彼女が虹色髪を持っていることを意識させられる。

「そうね、私は恵まれているわね」

ブリアナの言葉を肯定すると、彼女は数歩進んで私の近くに寄ってきた。

それから、内緒ごとを話すかのように声を潜める。

「ええ、フェリクス王と結婚した王妃陛下は、とても恵まれていますわ。国王陛下は私の救世主なんです」

❁ ❁ ❁

「……そうなのね」

フェリクス様がブリアナの救世主だという話はハーラルトから聞いていたので、驚くことなく返事をすることができた。

そんな私に向かって、ブリアナは唐突に身の上話を始める。

「私には姉がいます。そして、公爵である父は三度結婚しています。だから、姉と私の母は違うし、今の公爵夫人と私たち姉妹は血がつながっていません。姉は私より6歳年上なのですが、子どもの頃の6歳差というのはとても大きいんです。そのため、我がバルバーニー公爵家において、姉はいつだって女王様でした」

ブリアナが告白した家庭環境は複雑だった。

彼女は大変な苦労をしてきたのだわ、と言葉を差し挟めないでいると、ブリアナが言葉を続ける。

「姉はとっても気まぐれで我儘で、私のことを出来の悪いおもちゃくらいにしか考えていませんでした。だから、姉の気分次第で罵られるし、馬鹿にされるし、召使たちに命じて酷い扱いをされました」

ブリアナは過去のことを思い出しているのか、厳しい表情を浮かべた。

「姉は私を虐めることに薄汚い喜びを感じていたんです。姉には相当酷いことをされましたが、公爵家で姉を止める者は一人もいませんでした。父は仕事で家に帰らなかったし、母は血のつながらない私たちに無関心でしたから」

ブリアナは言葉を切ると、ふっと遠くを見つめる。

「そんな姉は1色の虹色髪でしかなかったのに、分不相応にもフェリクス王に恋をしたんです。王妃陛下が長らく体調を崩され、一切人前に出られなかった6年前の話ですわ。当時の姉は17歳で、王は22歳でした」

そう言うとブリアナは2色の虹色髪をかき上げ、後ろにばさりと払った。

「当時の王はごくまれにですが、貴族たちを王宮に呼んで、晩餐会を開催していました。我が家は王国に三つしかない公爵家のうちの一つですから、よく声を掛けていただいたんです。そうしたら、図に乗った姉がある晩、同席していた格下の貴族たちと協力して、王に自分を売り込みました。それはもう見苦しいくらい必死だったと聞きましたわ」

ブリアナは当時のことを思い浮かべているのか、おかしそうにくすくすと笑い声を上げる。

そんな彼女が披露した話は、以前どこかで聞いたことがあるように思われたため、私は片手を頬に当てると記憶を辿った。

……そうだわ。以前、クリスタから似たような話を聞いたのだわ。

クリスタの話では、晩餐会がお見合いの席のような様相を呈したため、不快に思ったフェリクス様が席を立ち、そのまま晩餐室を後にしたとのことだった。

それと同じ話なのかしらと考えていると、ブリアナがおかしそうに言葉を続けた。

「王は姉の下品な態度が我慢ならなかったようで、その場で席を立って退出されました。前代未聞なことに、晩餐会が中断されたのです。話を聞きつけた父が慌てて謝罪に行ったものの、王は会ってもくれなかったそうです」

会いもしなかったということは、フェリクス様は相当怒っていたのだろう。

「代わりに、フェリクス王から非常に厳しい抗議の文（ふみ）が届き、姉は今後一切、王宮への立ち入りを禁止されました。事実上の社交界追放ですね」

「……そうなのね」

フェリクス様が処分を下したのであれば、否定するようなことを言うわけにもいかず、曖昧な言葉を発するにとどめる。

一方のブリアナは馬鹿にしたような表情を浮かべた。

「絶対権力者である国王から厭われた以上、姉にはもはや何の価値もありません。元々、公爵家の出自を笠に着て、秀でたものがないのに威張り散らしていただけですから、全ては自業自得ですわ。そのため、父はその場で姉を男爵家に嫁がせることを決断しました」

公爵令嬢を男爵家に嫁がせるのは、滅多にないことだ。

多分、バルバーニー公爵はそうしなければ騒動は収まらないと判断したのだろう。

「男爵家は末席貴族ですから、王宮舞踏会の参加資格がありません。そのため、王が姉と顔を合わせ、気分を害することは二度とありません。公爵家として無礼を働いた娘を正しく処分したと、対外的に言える措置ですね」

何も返事をすることができずに無言を保っていると、ブリアナは表情を一変させ、きらきらと瞳を輝かせた。

「王妃陛下、想像できますか？　その日から、私の世界が一変したんです！　誰も私を虐めず、誰も私を蔑まないんです！　それどころか、公爵家に残された唯一の令嬢として、最上の扱いを受けるようになりました。私の世界がきらきらと薔薇色に輝き始めたんです」

ブリアナは当時のことを思い出しているのか、うっとりと目を細める。

「それまでの私は、意地の悪い姉から食事を制限され、精神的なストレスを与えられていました。

しかし、栄養たっぷりの食事を食べられるようになり、姉を恐れるストレスから解放されたことで、私の髪色は奇跡の変化を遂げました！　1色から2色に変わったんです!!　父は大喜びで私を大聖堂に連れて行き、私は『虹の乙女』と呼ばれるようになりました」

ブリアナはもったいぶった様子で自分の髪を撫でた。

「『虹の女神』を信仰するスターリング王国において、私は誰からも敬われる存在になったんです。私がいるだけで女神の祝福が与えられるのですから、私の存在自体が尊いのだと皆から認められたのです」

ブリアナは興奮した様子で私を見つめてくる。

「後日、フェリクス王も幼い頃は1色の虹色髪しか持っておらず、そのために前王と王妃から邪険にされたと聞きました。そのことを知った時、これは運命だと思ったんです。痛みを知る王だからこそ、痛みを知る私を救ってくれたのだと」

「…………」

どう返していいか分からなかったため、私は無言のままブリアナの話を聞いていた。

ブリアナは私が見えていない様子で、夢見るような表情を浮かべると、一人でとうとうと話し続ける。

「邪悪な姉は論外ですが、フェリクス王は多くの女性に手を伸ばすことが許される立場にあります。それなのに、病に倒れた王妃陛下を思いやって、他の女性に見向きもしない姿を見て、私は感動したのです。父は多情で三度も結婚したから、貴族はそんなものだと思っていたのですが、公爵よりも高位の国王が一人の女性に誠をささげるだなんて、まるで物語のようじゃないですか！」

「そう、ね。フェリクス様は素敵だわ」

ずっと黙っているわけにもいかず、当たり障りのない返事をしたところ、ブリアナはうっとりとした様子でため息をついた。

「私が『虹の乙女』になって以降、様々な場所でフェリクス王とご一緒する機会に恵まれました。王は本当にご立派でストイックで、さすが3色の虹色髪を授けられた方だと納得できる素晴らしい方でした」

フェリクス様が素晴らしいことは否定しようがないので、素直に頷く。

「その通りだわ」

すると、ブリアナはなぜだか鋭い目で見つめてきた。

「フェリクス王は誰よりも幸せになるべき立派な方です。ですから、あの方のことを一番大事にして、その隣に並ぶことを誰もが納得するような、『虹の女神』の祝福を受けた相手と結婚すべきです！」

ブリアナの言葉は、まるで今の結婚が失敗だと言っているようにも聞こえたため、何とも言えずに口を噤む。

そんな私に向かって、ブリアナは挑むように宣言した。

「私ならば絶対に、フェリクス王を幸せにすることができます!!」

ブリアナのあまりにも自信満々な態度に、思わず言葉を失ってしまう。

けれど、すぐに気を取り直し、何事かを口にしようとしたところ……私が声を出す前に、後方から力強い声が響いた。

「結構だ」

振り返ると、フェリクス様が大股で近付いてくるところだった。

彼はあっという間に私たちのもとまで来ると、庇うかのように私の前に立つ。

それから、厳しい表情でブリアナを見下ろしたのだった。

番外編
The self-sacrificing witch is misunderstood
by the king and is given his first and last love

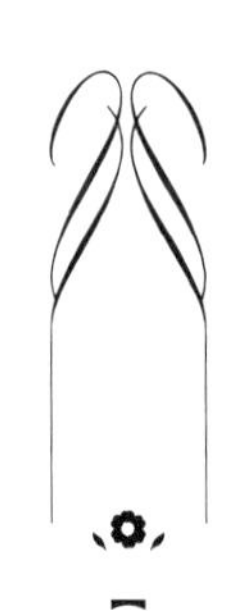

【SIDE 国王フェリクス】

王宮舞踏会の凍結を宣言する

私は自分のことを冷静な人間だと思っていた。

どれほど怒ったとしても我を忘れることは決してない、と。

しかし、その日、私の頭の中でぶちりと何かが切れる音がし、それ以降、冷静さは欠片も残っていなかった。


――それはルピアが眠りについて4年目のことだ。

できることなら一日中ルピアの側に付いていたいと思いながらも、そんなことをしたら目覚めた彼女に顔向けができないと、必死でやるべき仕事をこなしていた時期だった。

ルピアに救われた命なのだから、せめて王としての職分を果たさなければならないと、当時の私は何が何でも立派な王であろうとしていたのだ。

私の果たすべき役割の中には当然社交も含まれていたから、年に一度王宮舞踏会を開き、多くの貴族たちと交流の場を持つようにしていた。

王宮舞踏会では毎年、同じことの繰り返しだ。

一段高い場に設えられた椅子に座ったまま、近付いてくる貴族たちの挨拶を受け、話を聞き、適当に相槌を打つ。

それから、席を立つと舞踏会ホールを少しだけ回り、早めに退席する。

それが王宮舞踏会のルーティンだったが、その年の私は例年と異なる行動をした。

ふと夜風に当たりたくなり、バルコニーに出て過ごしたのだ。

静かな夜闇の中にいると、ルピアのことが色々と思い出され、気付いた時には結構な時間が経っていた。

ミレナとともに残してきたルピアのことが心配になり、私はバルコニーからホールに戻ると、王族用の扉に向かった。

誰もが私は既に退出したと思っているようで、足早に歩く私に気付く者はいない。

一方、年に一度しかない王宮舞踏会とあって、貴族たちは話をするのに余念がない様子だった。

いつもであれば、騒々しいなと思うだけで、その内容が耳に入ってくることはないのだが、なぜだかその時、私の耳は一つの単語を聞き取った――――恐らくルピアの名前だったので、無意識のうちに耳をそばだてたのだろう。

「ルピア妃がいくら王を庇ったとしても、4年も臥せっているようでは話にならない！　王妃としての務めを果たせていないじゃないか!!」

誰が話しているのか分からず、話の前後の流れも不明だが、馬鹿にしたような声がルピアのことを語るのを聞いた瞬間、ぶちりと何かが切れる音が頭の中で響く。

こいつは一体、何を言っているのだ？

ルピアは私の命を救ってくれた。そのせいで酷く苦しみ、今もって意識が戻らず眠り続けている。

その事実は伏せているため、皆が知るはずはないが、表向きにもルピアは私の毒を吸い出して倒れたと公表しているのだ。

何年も表舞台に出てこない状況から、彼女の状態が酷く、その理由は私を救ったことだと理解できるだろうに、そんな妃を非難するだと？

私はくるりと振り返ると、すぐ後ろに付いてきていた騎士の腰に手を伸ばして剣を引き抜いた。

「ひぃっ！」

「お、王!?」

抜き身の剣が舞踏会ホールのシャンデリアに照らされてぎらりと光り、その途端、多くの貴族の口から恐怖の声が漏れる。

私はそれらの全てを無視すると、自分がどれほどの不敬を働いたのかを一切理解していない様子の男性に剣を向けた。

王宮舞踏会の参加者は全員把握しているし、貴族の顔と名前も一致する。

そのため、震えながら私を見上げる目の前の男が誰なのか、瞬時に理解することができた。

ヘル伯爵だ。

彼が誰だか分かった途端、苦々しい思いが胸の中から這い上がってくる。

それから、ルピアが私の身代わりとなった事の発端を思い出した。

✿ ✿ ✿

――4年前、ルピアが私の身代わりになって昏倒した日、私は国家行事である収穫祭に参加していた。

『虹の乙女』であるアナイスも収穫祭に参加していたが、彼女は私が知らないうちに暗躍しており、自分が私の側妃になるのだと、堂々とルピアに虚偽を述べていた。

さらには、彼女の虚言が事実になるようにと、収穫祭の式典後に私と彼女がとある貴族の館に滞在する手はずを整えていた。

その貴族がヘル伯爵だ。

ヘル伯爵家は虹の女神に傾倒している一族のため、虹の3色髪を持つアナイスを私の側妃にする計画に加担していたとしても不思議はない。

しかし、その計画が実行される前に私が毒蜘蛛に襲われたため、伯爵邸に招待されることなく、計画は未遂に終わってしまった。

そのため、4年前はヘル伯爵の罪を何一つ問うことができなかった。

その事実は私の中でずっと、やるべきことをやっていないという口惜しさとともに燻っていた。

そんな積年の思いを抱いていたヘル伯爵がルピアを非難したのだ。

私は4年前の恨みも込めて、ぎらりとした目でヘル伯爵を睨みつけると彼に迫った。

「王妃としての務めを果たせだと？　私が今この場に立てているのは、妃が私を救ってくれたからだ。妃は私の代わりに昏倒し、今もって寝台から起き上がれないでいる。妃は私の代わりに苦しんでいるのだ。貴様はそれ以上を妃に望むのか？」

しんと静まり返った舞踏会ホールに私の声が響く。

私は剣を握る手に力を込めると、ヘル伯爵の胸に剣の切っ先を当てた。

「では、自らの胸をこの剣で刺し貫いてみよ！　貴様は瀕死の重体になるだろうが、それでも臥せることなく貴族家当主としての役割を果たせ！　自らの言葉くらい実行してみせるんだな」

ルピアは自ら私の毒を自分の体に移したのだ。

ヘル伯爵がその行為を馬鹿にするのであれば、同じような行動を自ら取れるはずだ。

そう思っての発言だったが、ヘル伯爵は突き付けられた剣を前に、だらだらと汗を流し始めた。

それから、伯爵は青ざめた顔で私を見上げると、呼吸するのも難しい様子で、ぶるぶると全身を震わせる。

「おおお、王、どどうか、お、お、お許しください」

先ほどの勇ましい発言はどこへやら、途端に命乞いを始める伯爵の卑小さを見て、よくぞこれっぽっちの男がルピアを貶める発言をすることができたものだ、と腹立たしさを覚える。

苛立つ感情のまま、ぐっと剣を持つ手に力を込めると、ヘル伯爵はひっと喉の奥で呻いた。

一思いに刺すべきかと考えていると、宰相職にいるギルベルトが素早く私の側に近寄ってきた。

いつだって常識的なギルベルトのことだから、私の行動を止めにきたに違いないと考え、アドバイスは不要だと睨み付ける。

しかし、相手は鉄仮面を被っているだけあって、私の睨みなどどこ吹く風で無視すると、伯爵に向かって口を開いた。

「伯爵、ダンスの要領で一歩踏み出せば、綺麗に剣が胸に刺さりますよ」

その言葉を聞いて、私はおやと片方の眉を上げる。

ギルベルトのことだから、私の評判を下げまいと、良識ある行動を取るよう諫めにきたかと思ったが、真逆なことに、私の行動を後押ししにきたようだ。

なるほど、この4年の間に、ギルベルトの中では私の評判を下げることよりも、ルピアの名誉を守ることの方が、優先順位が上になったようだ。

「いい判断だ」

さすが我が国の宰相だ、よく分かっているな、と満足して頷くと、いつの間にか私の隣にビアージョ騎士団総長が立っていた。

ビアージョは清廉潔白で生真面目な騎士だ。

今度こそ邪魔されると思った私は騎士団総長を睨みつけたが、ビアージョは伯爵の喉元に突き付けている剣を見つめると、冷静な声でアドバイスをしてきた。

「陛下、心臓の位置からずれております。あと2センチ右側に寄せてください」

どうやらビアージョも宰相と同じく、ルピアの名誉を守ることを最優先にしているようだ。

「……私はいい部下を持ったな」

発した言葉通り、私は非常に満足すると、二人の高官の賛同も得られたことだしと、剣を握る手に力を込めたのだった。

❁　❁　❁

ヘル伯爵はルピアに関する事実無根の悪口を、人前で高らかに喧伝した。

そうであれば、私は彼女の夫として伯爵に制裁を加えるべきだろう、と剣を突き出しかけたところで、伯爵は恐ろしさのあまり気絶してしまった。

伯爵が私に向かって倒れ込んだことで、私が構えていた剣が伯爵の首をかすって血が飛び散り、その場はいよいよ混乱のるつぼと化す。

血を見慣れていないご婦人方は次々に悲鳴を上げて気絶し、紳士たちは大きな足音を立てながらホール内をうろつき回り、騎士たちは王である私を制止することができずにその場で棒立ちになった。

私はそんな皆の振る舞いを見るとはなしに見ていたが、貴族たちがあまりに騒ぎ立てるため、彼らに付き合うことがほとほと馬鹿らしくなる。

ルピアが救ってくれた命だから、私は立派な王たらんと務めを果たしていたが、その一つがこれなのか、――――ルピアを尊重しない、品位の欠片もない貴族がいるような舞踏会に参加することなのか、と。

あるいは、ちょっとしたトラブルで大袈裟に騒ぎ立て、冷静さを失う紳士淑女に付き合うことが私の務めなのか、と。

違うよな。

そう結論を出した私は、ぎらりとした目で皆を見回すと、声を張り上げた。

「私は今ここで、皆に宣言する！　今後二度と、私の名で王宮舞踏会を開催することはない!!」

おどおどとした様子で私を見つめてくる貴族たちに向かって宣言した途端、私はすっきりした気持ちになる。

そうだ、優先順位を間違えてはいけない。

私にとって大切なのはルピアであって、守るべき者も彼女だ。

そして、それには、この場にいない彼女の名誉を守ることも含まれるのだ。

誰に嫌われようとも、権力を乱用していると謗られようとも、ルピアの名誉を守れるのならば安いものじゃないか。

それに、私はヘル伯爵に対してこれほどはっきり敵意を見せたのだから、今後、伯爵が社交界で爪弾きにされるのは間違いないだろう。

いや、そもそもヘル伯爵は王妃に暴言を吐いたのだ。王族侮辱罪に問うことにしよう。

人前で公然とルピアを批判する者など裁かれて当然だし、きちんと裁くことで、今後、ルピアを謗ろうとする者への抑止力になるだろうから。

よし、早速ギルベルトに申し付けようと彼を捜して周りを見回したところ、貴族たちが無言で私を見つめていることに気が付いた。

彼らは恐ろしいものを見たとばかりに、遠巻きに私の様子をうかがっている。

しかしながら、その場に落ちているのは沈黙だけで、誰一人私に対して反論する者も非難する者もいなかった。

その姿を見て、私には敵も味方もいないのだと気付く。

ルピアならば、……ルピアであれば、褒めるべき時は私を褒め、諫めるべき時は私を諫めてくれただろうに。

「……ふっ、ここでまたルピアを思い出すのか。私も大概妃に甘えているな」

ぼそりと呟くと、私は持っていた剣を騎士に返し、身をひるがえした。

それから、無言のまま私を見つめている貴族たちに一切構うことなく、舞踏会ホールを後にしたのだった。

舞踏会から抜け出した私は、眠っているルピアのもとに戻ると、その夜の出来事を報告した。

それから、彼女に懺悔する。

「ルピア、私はこれまで勘違いをしていた。立派な王たらんとして、社交の名のもとに貴族たちと時間を過ごしていたが、それらは全く無意味だった。時間は貴重だ。そんな暇があるのならば、私は一秒でも長く君の側にいるべきだった」

――そう、王宮舞踏会でみっともなく騒ぎ立てる貴族たちを見て、私の中に答えが落ちてきたのだ。

『大袈裟に騒ぎ立て、冷静さを失う紳士淑女に付き合うことが私の務めなのか？　――いや、違う。私の務めは妃の側にいることだ』と。

「王宮舞踏会の凍結を宣言して正解だったな。これで私は、これまでよりも少しだけ長く、君の側にいることができるようになったのだから」

私はルピアにそう告げると、彼女の額に手を当てた。

今夜のルピアは熱もなく、穏やかに眠っている。

私は彼女が平穏でいられることに感謝し、今後もルピアの平和を守り続けようと心に誓ったのだった。

ちなみに、その夜の私の振る舞いは、後から振り返ってみても至極当然のものだった。

にもかかわらず、なぜかその夜には『皿の舞踏会』と名前が付けられ、その後ずっと、貴族たちの間で語り継がれることとなったのだった。

ルピアの防寒着

私が10年の眠りから目覚めて以降、フェリクス様は同じ順番で三つの質問をしてくるようになった。

まずは、「熱はないか？」と言いながら、私の額に手を当てる。

それから、「体調は悪くないか？」と言いながら、私の顔を覗き込む。

最後に、「寒くはないか？」と尋ねてくるのだけど、最後の質問をされる時はいつだって、私が答えるよりも早く厚手のブランケットを体に巻き付けられる。

そのため、ブランケットでぐるりと巻かれながらフェリクス様を見上げるのが、お定まりのパターンとなっていた。

今日も同じようにブランケットを体に巻かれた私は、困ってしまって彼の名前を呼ぶ。

「フェリクス様」

10年前、私が眠りについたのも今と同じく冬の最中(さなか)だったけれど、当時のフェリクス様はこれほ

ど心配性ではなかった。

そう思ったけれど、言葉にするとフェリクス様はきっと、10年前の私への配慮が不足していたと考えて落ち込むだろうから、口を噤んで物言いたげにじっと見つめるにとどめる。

すると、フェリクス様はどぎまぎした様子で尋ねてきた。

「どうした、ルピア？」

「フェリクス様、私は特別に寒がりではないわ。きちんと服を着ているから、ブランケットを巻き付けなくても大丈夫よ」

至極当然の言葉を返すと、フェリクス様はくしゃりと顔を歪める。

「しかし、この10年の間に君はものすごく痩せてしまった。どう見ても、体に必要な脂肪が一切ついていない。脂肪には寒冷から体を守る働きがあるから、君は今、寒さに対する耐性がゼロの状態だ。そうであれば、せめてブランケットに代わりをさせなければ」

そう言われてはっとする。

確かについ最近まで、私はずっと眠り続けており、その間は一切食事を取らなかった。

そのため、すごく痩せてしまっていた。

まあ、フェリクス様の言う通りだわ、彼の心配はごもっともねと納得していると、彼が手を伸ばしてきて私の手を握った。

それから、額が合うほどに顔を近付けてくると、言い聞かせるような声を出す。

「ほら、指先がものすごく冷えている」

触れられて気付いたけれど、確かにフェリクス様の体温は私より随分高かった。

「フェリクス様は温かいのね。でも、それは脂肪だけの問題なのかしら」

ここで納得したら、私は四六時中体にブランケットを巻き付けたまま生活しなければならなくなるわ、と思ったため、彼の言葉を受け入れることなく疑問を呈してみる。

すると、フェリクス様が不安そうな表情を浮かべたので、本当に心配性だわと安心させる言葉を口にした。

「フェリクス様、これまで私が体調を崩すことがあったのは、虹をかけた代償として対価を支払っていたからよ。決して体が弱いわけではないわ。だから、少しくらい寒かったとしても、すぐに風邪を引くことはないわ」

自信たっぷりに言い返したというのに、フェリクス様は唇を歪めると反意を示した。

「君は10年間も眠っていたのだ。それは非常に長い期間だから、その間に風邪を引きやすい体質に変化したとしても不思議はない。そもそも10年前の君が頑強だったとは、私は考えていない。だから、今のルピアの体が病気に強いかどうかは分からない。そして、君が風邪を引きやすい体質かどうかを実際に試してみるつもりはない」

まあ、フェリクス様はとんでもない心配性のようね。

ここで大丈夫と言い張って、もしも後から風邪を引いてしまったら、私は二度と彼から信用されないうえ、とんでもない数のブランケットを体に巻き付けて生活しなければならなくなるんじゃないかしら。

そう考え、妥協案を提示してみる。

「だったら、できるだけ暖かい格好をするよう心掛ける、というのではダメかしら？　いつもいつもブランケットを体に巻き付けていてはお行儀が悪いわ。だから、ブランケットの代わりに暖かい上着を着てみるのはどうかしら」

「それは……君の言う通りだな。すまない、ルピア。外見に気が回らないのは、私の悪い癖だ。これまで君にみっともない格好をさせていたようだ」

フェリクス様はしゅんとしょげると、自分が着ていた上着を脱いで私の肩にかけた。

「少なくとも私の上着の方がブランケットよりは見た目がましだし、動きやすいはずだ。だから、取りあえずはこれを羽織っていてくれ。言われて思い出したが、君が眠っている間に、君用の防寒着をいくつか作ったのだった。午後までには探して持ってくるよ」

「まあ、既に作ってあるのだったら、それを着るわね」

これまでどれほど体にぐるぐるとブランケットを巻き付けられても反論せずにいたのは、フェリクス様が「じゃあ代わりに」と新しい服を作ったりしたら申し訳ないと思ったからだ。

でも、既に作ってあるのだとしたら、それを着ればいいわ。

と、単純に考えた私だったけれど……。

その日の午後、侍女が数人がかりで、一冬ではとても着こなせないほどの防寒着を持ち込んできた時は、あまりの量にあんぐりと口を開けた。

「……フェリクス様、スターリング王国の冬は、トータルすると５００日くらいあるのかしら？」

この大量の防寒着を見る限り、そうとしか考えられない。

完璧な推測を口にする私に向かって、フェリクス様はきっぱりと否定した。

「５００日というのは1年の総日数を超えている。その年にもよるが、せいぜい90日程度だろう」

フェリクス様の言葉から一つの未来が見えた気がしたため、私はぎょっとして彼を見上げる。

「だとしたら、私はこれらの服を全部着るために、毎日２回は着替えなければいけないということね」

あるいは、3回かしら。

真剣に計算を始めた私に向かって、フェリクス様はとんでもないとばかりに首を横に振った。

「準備した防寒着は、それぞれ着用する時期と場所と場合が異なる。寒い最中に上着として羽織る物に限定したら、せいぜい20着程度だ」

大した数ではないとばかりに返してきたフェリクス様を見て、私は常識を知ってもらおうと言い募る。

「十分多いわ。とても一冬では着こなせない量よ」

その時、王宮舞踏会用のドレスを見せられた時のことをふと思い出したため、まさかと思いながら恐る恐る尋ねた。

「ここにある防寒着は、私が眠っていた10年の間に準備したものよね？」

どうか頷いてちょうだい、と願った私の思いは叶えられなかった。

フェリクス様はあっさり首を横に振ると、きっぱりと否定してきたからだ。

「いや、今年作ったものだ。去年以前のものがよければ、持ってこさせようか？　ああ、そういえば一昨年、滅多にない良い毛皮が手に入ったから、君用のコートを仕立てたはずだ」

何でもない様子でとんでもないことを口にするフェリクス様を見て、咄嗟に一番手前にあった肩掛けを手に取る。

「これはとっても素敵ね！　私はこれが気に入ったわ」

フェリクス様は既にたくさんの防寒着を作っていて、今さらなかったことにできないことは分かっていた。

けれど、あまりに数が多過ぎると思ったため、既にあるもので満足していると彼に示したくなったのだ。

残念なことに、フェリクス様には正しく伝わらなかったようで、私が手に取った藍色の肩掛けを目にすると、うっすらと目元を赤らめた。

「……それは私の髪色と同じだね。気に入ってくれて嬉しいよ」

「えっ、あ、そ、そうね」

フェリクス様の髪色だと思ったから手に取ったわけではないのだけど、彼がすごく嬉しそうにしているから、今さら訂正できないわ。

そう思って黙っていると、控えていた侍女たちがそれぞれ何かを手に取り、さっと近寄ってきた。

何かしらと顔を向けると、侍女たちが手に持っていたのは、ピンクや白、緑といった目にも鮮やかな色の布地だった。

「まあ、とっても華やかね」

綺麗な色を見てうきうきした気分になっていると、同じく嬉しそうなフェリクス様が答えてくれる。

「ルピアが気に入ってくれてよかったよ。先ほど君が手に取った藍色の肩掛けの色違いの品だ」

「えっ！」

フェリクス様の言葉を聞いて、浮かれていた気分が一瞬で吹き飛ぶ。

驚いて侍女の手元を見つめると、確かにそれらは肩掛けだった。

まあ、全部で半ダースもあるわよ。気分によって、色を変えろということかしら。

「フェリクス様、肩掛けは一枚だけで十分よ。それがどんなに素敵な物だとしても、色違いはいらないわ」

今後、再び同じことが起こらないようにお断りすると、フェリクス様はしゅんと体を縮こまらせた。

「すまない、これは私の不手際だ。10年前の私は、ちっとも君の服装に着目していなかったから、君が好きな色も、君に似合う色も、どちらも分からないのだ」

私の好きな色が分かれば、一枚だけを準備するということかしら。

「私が好きな色は藍色よ。青色と紫色も好きだわ」

「……そ、そうか」

これ以上たくさんの着衣を贈られては申し訳ないと、素直に好きな色を告げると、なぜかフェリクス様は照れた様子で頰を赤らめた。

どうしたのかしらと小首を傾げたところで、私が好きな色に挙げたのは、全て彼の髪色であることに気が付く。

「あっ、いえ、その……」

そうだわ。私は幼い頃からずっとフェリクス様が好きだったから、彼の髪色がいつの間にか私の好きな色になっていたのだ。

でも、私の言葉を聞いていると、過去のことではなく今もフェリクス様が好きなように聞こえるわよね。

どう返事をしたものかしらと困っていると、見かねたフェリクス様が侍女から何かを受け取り、私に差し出してきた。

「……ええと、これは何かしら？」

差し出された物が、銀色の素材でできたふわふわもこもこの代物だったため、興味をそそられて手を伸ばす。

広げてみると、それは毛皮のコートだった。

そっと撫でて手触りを確認した途端、びっくりしてフェリクス様を見上げる。

「ものすごく手触りがいいわ。ふわふわもこもこしていて、手が毛皮に吸い込まれそう」

そして、一度撫で始めると、手を止めることができずに、永遠に撫で続けてしまう恐ろしい代物だわ。

既に手を止めることができなくなり、何度も撫でていると、フェリクス様が嬉しそうに目を細めた。

「それは先ほど言っていた、一昨年に仕立てたコートだ。気に入ってくれたみたいだね」

もちろん気に入るに決まっている。

けれど、嬉しそうに笑みを浮かべるフェリクス様を見たことで、なぜだかむくむくと悪戯心が湧いてきた。

「フェリクス様、一つ忠告してもいいかしら？　心から仲良くなりたい相手には、こんな風に体全体を覆うことができる、１００％満足できる暖かグッズを贈るものではないらしいわよ」

「そうなのか？　しかし、体全体を覆う方が寒さを感じないで済むし、１００％満足できる品物のほうが相手を喜ばせることができるのじゃないかな」

訝し気に尋ねてくるフェリクス様に、私は澄ました表情で答える。

「それはそうだけど、とっても気に入ってしまったら、私はこのコートをいつだって着続けてしまうわ」

「それはとてもいいことだ。それほど気に入ってもらえたならば本望だよ」

意味が分かっていない様子で微笑むフェリクス様に、私はにこりと微笑み返した。

「でも、このコートの防寒は完璧だから、他に何も必要なくなるわ。先ほどの肩掛けだったら、寒い部分が残っているから、あなたに抱きしめて暖めてもらえるのに」

「は…………」

フェリクス様は衝撃を受けた様子で硬直すると、手に持っていた首巻きをぽろりと取り落とした。

まあ、せっかくの防寒着が汚れてしまうわ、と落ちた首巻きを拾おうとすると、その手をがしりと掴まれる。

「ルピア！　忘れていたが、そのコートはまだブラッシングの途中だった！　そんな不完全な状態のものを君に使用させるわけにはいかない」

「えっ」

ものすごくふわふわもこもこしているから、ブラッシングは十分だと思うけど。

そう思う私の手から、フェリクス様がふわふわもこもこのコートを取り上げようとしたため、びっくりしてコートを摑む。

「フェリクス様、私はこのコートが気に入ったわ。取り上げないでちょうだい」

フェリクス様は悩む様子を見せた後、考えながら言葉を続けた。

「…………そのコートは特殊だから、朝日と夜闇の中で使うと傷むんだ。だから、着用するのは日中に限定される」

まあ、つまりフェリクス様が執務でいない時にしか使用できないということね。

じっとフェリクス様を見上げたけれど、真顔で見返されたため、どうやらそれが正しい使用方法のようだ。

「……分かったわ。朝と夕方はコートでなく、肩掛けを使うことにするわ」

仕方がないので、フェリクス様に同意する。

ああ、私が冗談を言わなければ、フェリクス様は正しいコートの使用法を思い出さなかったかもしれないのに。

そう考えた私は、今後、冗談を言う時は気を付けようと心に誓ったのだった。

✿ ✿ ✿

翌朝、目覚めた私は、散歩に行こうとフェリクス様からもらった肩掛けに手を伸ばした。

サイドテーブルの上には、ピンク、白、緑といった色とりどりの肩掛けが置いてある。

華やかな色合いを見て楽しい気分になった私は、その中の一枚を手に取ると、早速肩に掛けて庭に出た。

まあ、確かにこの肩掛けは暖かいわねと思っていると、後ろから足音がしてぎゅっと抱きしめられる。

「ルピア、用事で席を外していた間にいなくなっていたから心配したよ。おはよう、今日も体調がいいようだね」

「ええ」

「それから、肩掛けを使ってくれてありがとう。その藍色の肩掛けは、とてもよく君に似合っている」

そう言った後、フェリクス様は「私の髪色だ」と呟いた。

それはとても小さな声だったのに、私の耳は彼の声を拾ってしまったため、気恥ずかしい思いで頷く。

「ええ、私の好きな色だから。……ふふ、同じ藍色の髪をしたフェリクス様に抱きしめられると、肩掛けの色と同化して、あなたまでもが私の防寒着になったみたいね」

昨日、冗談を言う時は気を付けようと心に誓ったにもかかわらず、うっかり思ったことをそのまま口に出してしまう。

するとフェリクス様はぐうっと喉を鳴らした後、さらにぎゅうっと私を抱きしめてきた。

「その通りだ。君が寒い時は、いつだって私が防寒着として君を暖めるよ。だから……いつだって私の側にいてくれ」

フェリクス様の言葉を聞いた私は、体の外側だけでなく、内側もぽかぽかと暖かくなったような気持ちになる。

そのため、抱きしめられたまま彼を見上げると、にこりと微笑んだ。

「もちろん、寒い時はいつだってあなたの側にいて暖めてもらうわ」

「…………君が何の底意もなく発言したことは分かっているし、私の発言と真意が異なることも分かっている。それでも、……君がくれた言葉だから、ありがたく受け取るよ」

フェリクス様はじっと私を見つめた後、よく分からないことを言った。

どういうことかしらと思ったけれど、フェリクス様が少し憂いを含みながらも嬉しそうに微笑んだため、聞き返すタイミングを失ってしまう。

そんな私に向かって、フェリクス様は深みのある声で囁いた。

「ルピア、スターリング王国の冬は寒い。どうかこの防寒着をいつまでも手放さないでくれ」

私に密着したフェリクス様はとっても暖かく、くっついている私までもが暖かくなったため、もちろんよと大きく頷いた。

「ええ、そうするわ」

私の言葉を聞いたフェリクス様は花が開くように微笑み、その笑みを見た私も笑い出したい気持ちになる。

そのため、とっても寒い王宮の庭で、フェリクス様と私は心も体も暖かい気持ちになって、ずっと微笑んでいたのだった。

フェリクスの聖地巡礼

王宮内を歩いていたところ、少し離れた場所に立つフェリクス様を見つけたため、不思議に思って名前を呼んだ。

「フェリクス様？」

普段であれば、フェリクス様は私が発したどんな小さな声でも拾うし、私が側に近付けば気付いてくれるのだけれど、気付く様子もなく難しい表情で空を見上げている。

「どうしたのかしら？」

私は少し離れた場所から空を見上げると、フェリクス様の懸念事項について考えてみた。

けれど、結論が出るより早く、後ろに控えていたミレナがぼそりと呟く。

「フェリクス王はきっと、空を見上げたい気分なのでしょう」

「そうなのね。一体なぜ天気が気になっているのかしら？」

「王は天気のことなどこれっぽっちも考えていないと思います」

「えっ、でも、空を見上げているのに……」

空を見上げながら、天気以外のことを考えているのかしら。

不思議に思う私に対して、ミレナはあっさり答えた。

「空に虹がかかっていないことを確認し、気落ちしているのでしょう」

そうなのね、とミレナの答えに納得する。

「この国の者にとって、虹は祝福ですものね。期待して空を見上げたのに、虹がかかっていなければ気落ちするわよね」

今度こそ理解できたわと思ったけれど、ミレナはまたもや首を横に振った。

「そうではありません。虹は滅多に見られるものではないと再認識し、これまでどれほどルピア様が王に祝福を与えていたのかに気付いて気落ちしているのです」

「えっ、それは」

もしかして私が心配していたことが起こったのかしら。

「私がこれまでフェリクス様に虹をかけていたことを言えなかったのは、彼をがっかりさせたくなかったからよ。フェリクス様の記念日に虹がかかっていたのは、虹の女神の祝福でなく私の魔法だと知ったら、きっと彼は落胆すると思ったから」

ミレナは驚いた様子で目を見張った。

「そんなことはあり得ません！　ルピア様の魔法だと分かったらお喜びになるに決まっています。そうではなくて、これまでルピア様が王に多くの祝福を与えていたにもかかわらず、そのことに一切気付かなかった王ご自身に落胆しているのです」

思ってもみないことを言われ、私はぱちぱちと目を瞬かせた。

「でも、それは知りようがないことだわ」

10年前のフェリクス様にとって、そもそも魔女の存在自体が、信じるのが難しいものだった。

まさか魔法で虹をかけていたなんて、想像することもできなかっただろう。

だから、気付かなかったのは仕方がないことだと思うのに、フェリクス様は後悔に満ちた表情で唇を噛み締めていた。

フェリクス様はいつだって、私のことになると自罰的になる。

今回のことは、フェリクス様が悪いわけではないのに、と彼を慰めたくなったけれど、……きっとフェリクス様は私が何を言ったとしても、自分が悪いと言い張るのだろう。

そのことが分かっていたため、私はただ離れた場所から彼を見守ることしかできなかった。

しばらくすると、フェリクス様は空を見上げるのをやめて歩き始めた。

執務に戻るのかしらと思ったものの、何とはなしに気になって付いていくと、私の部屋近くにある庭に着く。

通称『王妃の庭』と呼ばれる、私がよく私室から覗いているお庭だ。

なぜこんなところに来たのかしらと不思議に思ったけれど、疑問を言葉にする前にミレナが答えてくれた。

「王はルピア様が私室からよく庭を眺めているることをご存じです。きっと、ルピア様と同じ景色を見たくなったのでしょう」

「……せっかくの余暇時間を、そんなことに費やしていいものかしら？」

時間的に今は、フェリクス様のお昼休みのはずだ。

だから、ゆっくり昼食をとってリラックスしたり、午睡を取って体を休めたりすればいいのに、彼はありもしない虹を見つけようとしたり、私が好きな庭を見つめたりして過ごしている。

時間の使い方として間違っているんじゃないかしらと考えていると、フェリクス様は再び歩き始めた。

そのため、どこに向かうのかしらと気になって付いていく。

しばらくの後、彼が足を止めたのは、幼いフェリクス様の『聖域』だった場所だった。

フェリクス様は幼い頃、悲しいことや悔しいことがあるたびに、このひっそりとした場所に来て、一人で庭を眺めていた。

「フェリクス様は大人になったから、この場所は卒業したものだと思っていたけれど、未だに訪れることがあるのね。……あら？」

幼いフェリクス様はいつだって同じ場所に立って庭を眺めていたけれど、今日の彼はその定位置から離れて、異なる場所へ向かい始めた。

どこへ行くのかしらと見ていると、彼は少し歩いた後、何もない芝生の上にしゃがみ、大切そうに芝生を撫で始める。

一体何をしているのかしらと考えたけれど、答えが分からないのでミレナに尋ねた。

「フェリクス様は何をしているのかしら？」

「大切な場所を撫でているのではないでしょうか」

「大切な場所？　フェリクス様が彼の『聖域』だった場所を眺めるのは、建物の柱の横だったのよ。芝生の上では……」

言いかけた言葉がふと止まる。

それから、思い出したことがあって、あっと息を呑んだ。

「ミレナ、あそこは私がブランケットを敷いて、刺繍をしていた場所だわ。まあ、すごい偶然ね」

「偶然ではありません。フェリクス王はルピア様が刺繍をされていた場所だと分かっていて、あの場所を撫でておられるのです」

「えっ？」

それは一体どういうことかしらと思ったけれど、フェリクス様の切なそうな横顔を見て、答えが分かったような気持ちになる。

「それは、あの……そうなのかしら」

ただし、私の頭に浮かんだのは、あまりに図々しい考えだったため、私はあわあわと独り言を呟くと、慌てて踵を返した。

これ以上フェリクス様の秘密の時間を覗いてはいけない、と思ったからだ。

そのため、私はミレナとともに、逃げるようにその場を後にしたのだった。

❁　❁　❁

私室に戻り、心を落ち着けるために刺繍をしようとしたけれど、先ほどのフェリクス様の行動が気になってとても集中できなかった。

そのため、刺繍をしている手を止めると、側にいるミレナに質問する。

「フェリクス様のあれは……今日が初めて、というわけではないわよね？」

「あれ、ですか？」

ミレナが首を傾げて尋ねてきたので、先ほど見たフェリクス様の行動を一つ一つ羅列した。

「ええ、虹を見つけようとしたり、私が好きな庭を眺めたり、私が刺繍をしていた場所を撫でたりすることよ」

「ああ、『聖地巡礼』ですね」

「せいちじゅんれい？」

初めて聞く単語だったため、どういう意味かしらと聞き返す。

すると、ミレナは至極真面目な顔で口を開いた。

「フェリクス王はルピア様に縁のある場所を巡っていましたよね。そうやって、ルピア様の思い出の地を一つ一つ回ることで、ルピア様のことを深く想っているのでしょう」

「私に縁のある場所を巡って、私を想っているの？　でも……私はここにいるのに」

どうして直接私とかかわることなく、私の思い出深い場所を巡るのかしら、と不思議に思う。

ミレナは私の言葉に苦笑すると、その通りだと頷いた。

「ルピア様の言う通り、王は直接ルピア様とかかわるべきですね。しかし、引け目があるので、一人で反省すべきだと考えているのでしょう」

「そうなのね」

フェリクス様の気持ちはよく分からなかったけれど、このままにしておけないことはよく分かった。

あんな風に自分の時間を潰して、悲しい気持ちになっているなんて、彼にとっていいはずがないのだから。

そのため、どうにかして現状を改善できないものかしらと、私はその日一日、じっくりと考え続けたのだった。

そして、10日後。私は厨房に顔を出した。

10日間考えた結果、今日は色々とフェリクス様の邪魔をしようと決意したのだ。

フェリクス様付きの騎士の情報によると、彼は10日周期で『聖地巡礼』をするらしい。

つまり、今日も先日と同じように私に縁ある場所を巡って悲しい気持ちになるのであれば、それを阻止しようと考えたのだ。

その計画の一端として、厨房で昼食を作ることにする。

とは言っても、私の体力は完全には戻っていないので、長時間料理をして体に負担がかからないよう、料理長が開発してくれたふわふわパンに様々な具材を挟み込むだけの簡単なお料理をさっと作る。

それから、私はパンを詰めたバスケットを持ったミレナとともに、王宮の庭に向かったのだった。


王宮のお庭には既にフェリクス様が来ていて、先日と同じように難しい顔で空を見上げていた。

そのため、私はそっと隣まで歩み寄ると、同じように空を見上げる。

すると、フェリクス様は私に気付いて驚きの声を上げた。

「ルピア、どうかしたのか？　今は君が散歩をする時間ではないはずだ」

なるほど、フェリクス様はいつだって私の予定を把握しているから、かち合うことがないように、敢えて私の散歩の時間とズラしていたのね。

「空を見たくなったの」

フェリクス様の行動に気付いていない振りをして、朗らかにそう言うと、彼は唇を歪めた。

「そうか。しかし、今日の空は普段通りのただの青空だ。見て面白いものはないよ」

私は空を見上げたまま、ゆっくりと首を横に振る。

「フェリクス様、今日の空は特別だわ。だって、あなたの髪色と同じ青い色をしているもの。だから、見ているだけで優しい気持ちになれるわ」

「…………」

フェリクス様は驚いたように目を見開くと、無言のまま私を凝視してきた。

フェリクス様の視線は痛いほど感じていたけれど、私は彼に振り向くことなく、空を見上げたまま言葉を続ける。

「私はあなたの髪と同じ色の空が好きよ」

「……そうか。君の好きな色は青だったね」

しばらくの沈黙の後、フェリクス様は震える声でそう返してきた。

私は空を見上げるのをやめると、彼を見つめて微笑む。

「ええ、青色は私にとって、特別で大好きな色なのよ」

「……そうか」

フェリクス様は何らかの感情に囚われた様子で唇を震わせていたので、彼が落ち着くまで隣で待つ。

しばらくすると、フェリクス様は深い息を吐き、物言いたげに見つめてきたため、私は笑顔で彼の手を取った。

それから、『王妃の庭』に連れて行く。

フェリクス様は逆らうことなく、無言のまま私と一緒に『王妃の庭』に付いてきたのだった。

『王妃の庭』に着くと、私は悪戯っぽく彼を見上げた。

「フェリクス様、このお庭に新しいお花を植えたの。たった二本だけよ。一体どの花か、分かるかしら？」

「君が眠っている間、花について勉強はしたが、詳しいと言える域には到達できなかった。この広い庭から、新たに植えた二本を見つけ出すというのは……」

言いかけた言葉がぱたりと止む。

そんなフェリクス様の視線の先では、青色と藍色の花が咲いていた。

私が眠っている間に、フェリクス様は『王妃の庭』を白と紫の花だけにしてしまった。

だから、この庭に他の色の花を植えたら目立つのじゃないかしら、と思ったけれど、期待通りフェリクス様は新しく植えた花に気付いたようだ。

「とっても綺麗でしょう？　私がよく散歩するお庭だから、私が好きな色のお花を植えたの。本当は紫色も好きなのだけど、それはもうたっぷり植えてあるから、やめておいたわ」

そう言いながらちらりと見ると、フェリクス様は目を見開いて、新たに植えられた花を見つめていた。

「……そうか」

フェリクス様が発したのは短い言葉だったけれど、逆に言うと、彼の感情は高ぶっていて、短い言葉しか返せない様子だ。

どうやら青、藍、紫の3色が、彼の髪色であることに気付いたようだ。

「好きなお花を見たら、楽しい気分になれると思うから」

「…………そうか」

新たに花を植えた理由を説明すると、フェリクス様はまたもや言葉少なに返してきた。

しばらく待っていたけれど、彼はそれ以上話をしなかったので、私はもう一度彼の手を取る。

それから、今度は彼を『聖域』に連れていったのだった。

『聖域』の一角にある、私がいつも刺繍をしていた場所には、前もってブランケットが敷いてあった。

そのため、まっすぐその場所に向かうと、フェリクス様が訝し気に首を傾げる。

「ルピア、また刺繍を始めるのか？」

「いいえ、今日はここでお昼を食べるのよ」

私の答えは意外だったようで、フェリクス様は一瞬押し黙ると、気遣わし気に私を見つめてきた。

「……そうか。今日はそこまで冷えるわけではないが、冬だから寒いことは間違いない。昼食を取るのが長時間にならないよう気を付けてくれ」

「だったら、あなたが一緒にいて、見守ってくれないかしら？」

ブランケットの上に座りながらそう提案すると、信じられないとばかりに問い返される。

「私が一緒にいていいのか？　この場所に？」

まあ、フェリクス様は私が刺繍をしていた場所を、新たな『聖域』にでも認定したのかしら。

そうとしか思えないような彼の発言に戸惑いながら、私は何気ない様子で頷いた。

「ランチを作り過ぎてしまったの。一緒に食べてくれると嬉しいわ」

「えっ、ルピアが作ったのか？」

驚いたように質問されたため、無理をし過ぎていると思われないよう慌てて言い返す。

「作ったというほどでもないのよ。大したものではないから」

「ぜひお相伴にあずからせてほしい！」

フェリクス様は私の言葉を遮ると、素早い動作で隣に座ってきた。

それから、上着を脱ぐと私の肩にかける。

「フェリクス様、それではあなたが寒いはずよ」

上着を脱いだフェリクス様は軽装だったため、上着を返そうとしたけれど、彼は片手を上げて押し留めてきた。

「ところがそうでもない。ルピア特製のランチを食べられると思うと、興奮して体が熱くなってきたからね。これくらいが丁度いい」

「ええと、実のところ、私はパンに色々な具材を挟んだだけなのよ。作ったと言えるほどのものではないわ」

過剰に期待されていることが申し訳なくなったため、小声でぼそぼそと呟くと、フェリクス様は悪戯っぽく片目を閉じた。

「ルピア、私はご令嬢の手料理について、偏見が酷いのだ。最後にちょっと料理を包んだだけで、あるいは、最後に味見をしただけで、はたまた侍女が作ったものだとしても、ご令嬢方は自分の『手作り』だと主張するものだと考えているからね」

それはいつぞやの彼のセリフをなぞらえたものだったけれど、きっと私の気持ちを軽くしようとしてくれているのだろう。

そのことが分かったため、私はフェリクス様の言葉に頷くと、軽い言葉を返した。

「私は令嬢でなく夫人だから、それよりももう少しだけ自分でやったわ」

「それは楽しみだ」

フェリクス様はそう言うと、興味深げにバスケットの中を覗き込んだ。

もしかしてお腹が空いているのかしら、と思いながら色とりどりの具材を挟んだパンを取り出すと、フェリクス様が目を輝かせる。

彼の表情を見た私は、やっぱりフェリクス様はお腹が空いているのかしらと思いながらパンの説明を始めた。

「パン自体は全部同じだけど、中味がそれぞれ違っているの。こちらはサーモンとレタスで、こちらはハムとチーズ、それから卵とベーコンに、最後はエビとアボカドよ」

フェリクス様は早速手を伸ばしてくると、一つ手に取って、がぶりとかぶりつく。

それから、たった数回の咀嚼で飲み込むと、普段より大きな声を出した。

「ルピア、すごく美味しいよ！」

「それはよかったわ」

笑顔で返すと、私もパンを一つ摑み、かぷりとかぶりつく。

すると、口の中にじゅわっとハムの味が広がり、確かに美味しいわねと思う。

シンプルな料理なのに美味しいのは、料理長特製のパンを始めとした材料がいいからだわ、と料理人たちに感謝する。

もぐもぐと食べていると、フェリクス様も旺盛な食欲を見せてくれた。

そのため、バスケットの中身はあっという間に空っぽになってしまう。

「ルピア、ご馳走様。本当に美味しかったよ」

全部食べ切って、さらには美味しいと笑顔で言ってくれたことで、私はとっても嬉しくなる。

そのため、私も笑顔になると、フェリクス様を見上げた。

「私の方こそ、フェリクス様と一緒にお昼を食べられて嬉しかったわ。今後、この場所を通る時は、きっと今日のことを思い出して楽しい気分になるわ」

さり気なく話をしたつもりだけれど、フェリクス様は何かを感じ取ったようで、「ルピア」と名前を呼んできた。

どきりとして目を逸らすと、フェリクス様は何かに思い至った様子で質問してくる。

「……今日の全ては私のためだね？」

「えっ。な、何のことかしら」

とぼけてみたけれど、フェリクス様は騙される様子もなく、じっと私を見つめてきた。

「虹がないただの青い空を好きだと言ってくれて、君の庭に私の髪色の花を植えてくれて、君が刺繍をしていた場所で楽しい時間を過ごさせてくれたことだ。全部、私の思い出を塗り替えるためにやってくれたのだろう？」

「えっ、あの、その」

あまりにも確信をもって言い切られたため、誤魔化すことができずにあわあわしていると、フェリクス様は切なそうに目を細めた。

「ありがとう。君の計画が完璧だったから、私は全ての時間が楽しかったし、全ての思い出が塗り替えられた。今後、同じ場所に立ち寄った時、私は必ず今日の楽しさを思い出すだろう」

フェリクス様は本当に優しいわ。

そんなに簡単な話ではないだろうし、彼なりのこだわりもあるだろうに、私の気持ちを汲み取って、全部そのまま受け入れようとしてくれるのだから。

やっぱりこんなに優しいフェリクス様は、悲しい時間を持つべきではないわ。

だから、彼が受け取ってくれるのならば、気付かない振りをして、楽しい思い出を全て押し付けてしまおう。

そう考えた私は笑顔で彼を見つめる。

「ありがとう、フェリクス様。これで私たちは今後、今日と同じ場所を一人で回っても、それぞれ今日と同じ楽しさを思い出すのね。ふふっ、まるで仲のいい夫婦みたいだわ」

「えっ！　な、仲のいい夫婦!?」

フェリクス様は衝撃を受けた様子で繰り返すと、ぽっと顔を赤らめた。

「……そうか。それはとても素敵だね」

フェリクス様は照れたように私を見つめた後、私の手を取ると、慎重な手付きで立ち上がらせてくれる。

それから、私の両手をぎゅっと握りしめた。

「寒くなってきたから、これ以上戸外にいると君の体に障るに違いない。さあ、部屋に戻ろう。仲のいい夫婦として一緒に」

最後の一言を言う時、フェリクス様の顔はさらに赤らんだので、無理をして言葉にしたのだろう。

そんなフェリクス様の気持ちが嬉しかったため、私は笑顔で頷く。

「ええ、そうするわ」

それから、フェリクス様と手をつなぐと、二人で一緒に部屋まで歩いて戻ったのだった。

――今後は、フェリクス様が穏やかな気持ちで王宮の庭を回れますように。

フェリクス様とともに部屋に戻りながら、私は彼の髪色と同じ青い空を見上げると、そう願ったのだった。

あとがき

おかげさまで4巻が刊行され、再び皆様にお会いすることができました。

本巻をお手に取っていただきありがとうございます。


3巻に引き続きルピアとフェリクスの恋慕&贖罪パートに加え、ハーラルトの宣戦布告、『虹の女神』の謎に迫る話となりました。

ルピアはどんな選択をするのでしょうか。そして、再び幸せになれるのでしょうか。

もう少し続きますので、ぜひルピアの行く末を見届けてもらえればと思います。

番外編はフェリクスが王宮舞踏会の凍結を宣言した時の話を含め、3本書いています。

本巻は内容が多岐にわたるので、イラストが大変じゃないかなと心配していたのですが、喜久田ゆいさんがとんでもなく素晴らしいイラストで、心配を吹き飛ばしてくれました！

まずカバーがとんでもないことになっていますね。ルピアを真ん中に、フェリクスとハーラルトが左と右から挟み込んでおり、見ているだけで血圧が上がりそうな麗しさです！　二人の色気だだ

洩れ具合がとにかくすごい。魅惑の王様と王弟様ですね。
そして、目にも鮮やかな黄色が、これでもかと迫ってきます。うーん、美しい！
口絵カラーからモノクロイラストまで全てが素晴らしいので、挿絵ページが出てくるたびにお楽しみいただけること間違いありません。
喜久田ゆいさん、今回も素晴らしいイラストをありがとうございます!!

それから、袖コメントにも書いた通り、本巻と同時にコミックス1巻が発売されました！

前巻で、『コミカライズが予定されており、ノベル4巻が出るまでにスタートするのではないかな』と書いたんですが、とんでもなかったです。

スタートした後、あっという間に連載が進み、コミックスがノベルと同時発売になりました。

もうね、ルピアがめちゃくちゃ可愛いんです!!　全てのコマが可愛くて、こんなに可愛くルピアを描いてもらえるんだと感動しました。

フェリクスはもちろんカッコいいのですが、ノベルを上手にアレンジしてもらって、よりソフトに魅力的になっています。

ストーリーも大筋は変わらないんですが、さらにドラマティックになるよう構成が変えられているので、ドキドキワクワクしながら読み進められます。

キャラの表情や動作、ドレスや背景なども全てが美しく、どっぷりと『身代わりの魔女』の世界に浸れること間違いありません。

日芽野メノさんのコミックスは絶対お勧めです！　ぜひ読んでください!!

最後になりましたが、ここまで読んでいただきありがとうございます。

本作品が形になることにご尽力いただいた皆さま、どうもありがとうございます。

おかげさまで、今巻も多くの方に読んでいただきたいと思える素晴らしい1冊になりました。どうか楽しんでいただけますように！

④巻発売
おめでとうございます!!
コミカライズ担当：日栞野メノ

悪役令嬢は
溺愛ルートに入りました!?
著◆十夜
イラスト◆宵マチ
SQEX ノベル
STORY
乙女ゲームの悪役令嬢に転生したルチアーナ。「生まれ変わったら、モテモテの人生がいいなぁ」なんて妄想していたけれど…。
決めた！　断罪イベントを避けるため、恋愛攻略対象は全員回避で、今世もおとなしく過ごします！　なのに、待って。どうしてみんな寄ってくるの？
おまけに私が世界で一人だけの『世界樹(ユグドラシル)の魔法使い』!?
いえいえ、私は絶対にそんな貴重な存在ではありませんから！
もちろん溺愛ルートなんてのも、ありませんからね——!?

溺愛加速中――――!!!?

王国陸上魔術師団長

王太子

王国海上魔術師団長

筆頭公爵家嫡子

公爵家三男

兄・侯爵家嫡子

①～⑦巻大好評発売中♡

シリーズ
続々重版!

悪役令嬢は溺愛ルートに入りました!? 1 十夜
悪役令嬢は溺愛ルートに入りました!? 2 十夜
悪役令嬢は溺愛ルートに入りました!? 3 十夜
悪役令嬢は溺愛ルートに入りました!? 4 十夜
悪役令嬢は溺愛ルートに入りました!? 5 十夜
悪役令嬢は溺愛ルートに入りました!? 6 十夜
悪役令嬢は溺愛ルートに入りました!? 7 十夜

SQEX
ノベル
婚活してたら王子様が
釣れちゃった!!
婚約破棄からの
プロポーズ!?
原作ノベル1～4巻
大好評発売中!!
4
逃がした魚は大きかったが
釣りあげた魚が大きすぎた件
ももよ万葉

逃がした魚は大きかったが
釣りあげた魚が大きすぎた件
ももよ万葉
Illustration：三登いつき

SQEXノベル

誤解された『身代わりの魔女』は、
国王から最初の恋と最後の恋を捧げられる　4

著者
十夜

イラストレーター
喜久田ゆい

2024年7月5日　初版発行

発行人
松浦克義

発行所
株式会社スクウェア・エニックス
〒160－8430
東京都新宿区新宿6－27－30　新宿イーストサイドスクエア
（お問い合わせ）スクウェア・エニックス　サポートセンター
https://sqex.to/PUB

印刷所
TOPPANクロレ株式会社

担当編集
大友摩希子

装幀
佐野 優笑

ISBN978-4-7575-9236-0　C0093　Printed in Japan